A Material World Tale

SPITZE

K. C. WELLS

K.C. WELLS

Spitze

Titel der Originalausgabe: Lace
Copyright © 2017 by K.C. Wells
Ins Deutsche übertragen von Betti Gefecht
Cover Design: Meredith Russell
ISBN: 978-1-915861-37-5

SPITZE

Danksagung

Danke an mein wundervolles Team: Jason, Helena,
Bev und Mardee.
Und ein großes Dankeschön an Meredith Russell,
die sich mit dem Cover selbst übertroffen hat.

SPITZE

„Du trinkst deinen Kaffee mit Zucker, oder?", rief Shawn. Er löffelte Kaffeepulver in zwei Becher.

„Nö, hab' ich mir abgewöhnt", rief Dave zurück. „Ich bin auch so süß genug."

Shawn lächelte vor sich hin. Ein wahres Wort. Dave war in *jeder* Hinsicht süß. Schon immer gewesen. Seit sie Kinder waren. Shawns Mutter pflegte zu sagen, Dave sei vollkommen ohne Arg, und damit hatte sie recht. Dave war eine Art Friedensstifter. Er war jemand, der sich in jedermanns Sichtweise hineinversetzen konnte, was dazu führte, dass ihn alle mochten.

Shawn mochte ihn sogar *sehr*, aber das war eine andere Geschichte.

Er goss kochendes Wasser in die Becher, dann holte er die Milch aus dem Kühlschrank. „Du hast mir immer noch nicht gesagt, was du hier machst."

Er hörte Dave schnauben. „Wow. Ich liebe dich auch, Mann. Brauche ich einen besonderen Grund, um am Wochenende meinen Kumpel zu besuchen?"

„Nein, natürlich nicht." Shawn stellte die Milch zurück. Als sein Blick auf die Schachtel mit den Schokoladenkeksen fiel, grinste er. Liebe geht durch den Magen, der Weg zum Herzen eines Mannes und so weiter. Und der Weg zu Daves Herz führte *auf jeden Fall* über Schokolade.

Nur, dass sein Herz leider nicht mehr frei ist,

falls du dich erinnerst? Caroline? Die Empfangsdame vom Fitnessstudio?

Shawn wollte sich nicht daran erinnern. Dave und Caroline gingen seit etwa drei Monaten miteinander aus, nachdem Dave den Schritt gewagt und sie um ein Rendezvous gebeten hatte. Was der Grund war, warum seine Besuche unregelmäßiger geworden waren. In Anbetracht dessen, dass er und Dave früher fast jedes Wochenende miteinander verbracht hatten, kam Shawn nicht sehr gut mit der neuen Situation zurecht. Und natürlich half es auch nicht gerade, dass er praktisch schon, solange sie sich kannten, in seinen Freund verliebt war.

Nicht, dass ich ihm das jemals sagen würde.

Viele von Shawns schwulen Freunden redeten gern davon, heterosexuelle Männer zu verführen, aber das war einfach nicht Shawns Ding. Was ihn noch skeptischer machte, war, dass die meisten dieser Geschichten mit ausschweifendem Alkoholkonsum und dem damit verbundenen Verlust jeglicher Hemmungen zu tun hatten. Wenn Shawn mit einem Mann ins Bett ging, dann nur, wenn *beide* wussten, was sie wollten.

Der Gedanke machte ihm das Herz schwer. *Und wann bist du das letzte Mal mit einem Mann im Bett gewesen?* Das war schon so lange her, dass er erwog, Aktien an einem Unternehmen zu erwerben, dass Gleitmittel produzierte …

Shawn unterdrückte die aufkeimende Frustration und trug die Kaffeebecher ins

Wohnzimmer, wo Dave auf der Couch herumlümmelte – die Schuhe ausgezogen, die langen Beine an den Knöcheln überkreuzt. *Scheiße*. Er war barfuß. Irgendetwas war an nackten Füßen, das Shawn echt anmachte.

Allerdings waren nackte Füße nur ein Punkt auf einer ganzen *Liste* von Dingen, die Shawn anmachten, und sie waren einer der eher harmlosen Punkte.

Dave verbog den Hals, um Shawn anzusehen, und legte sein Handy mit dem Display nach unten auf seinen Bauch. „Ooh, Schokokekse. Alter!" Er brachte sich hastig in eine sitzende Position und griff nach der Schachtel. „Woher wusstest du? Gott, ich brauche dringend eine Dosis Schoki."

Shawn kicherte. „Wann brauchst du mal nicht eine Dosis?" Er stellte Daves Becher auf den Couchtisch und ließ sich im Sessel nieder. Dann zog er die Füße hoch und kuschelte sich in die Polster.

Dave riss die Schachtel so ungeduldig auf, dass der oberste Keks dabei zerbröselte und Millionen Krümel über seine Jeans und hinunter auf den Teppich rieselten. „Scheiße. Tut mir leid."

„Lass nur. Ich hol' nachher den Staubsauger."

Dave nickte und schüttete die übrig gebliebenen Brösel vorsichtig auf die Tischplatte. Dann nahm er einen Keks aus der Schachtel und biss hinein. „Mmh, Milchschoki. Mag ich am liebsten", sagte er, den Mund voll mit Gebäck. Er seufzte, während er einen weiteren aus der Packung nahm.

„Kann mich gar nicht erinnern, wann ich das letzte Mal Schoki hatte."

„Echt? Wie oft bist denn hier gewesen, *ohne* dass es hier Schokolade in irgendeiner Form gegeben hat?" Dann lächelte Shawn. „Ich vergaß. Du warst ja schon länger nicht mehr hier." Er versuchte, neutral zu klingen. Seine Äußerung grenzte an Nörgeln, und er bereute sie sofort aus Angst, zu weit gegangen zu sein.

Zum Glück schien Dave das nicht aufgefallen zu sein. „Tja, na ja, ich musste auf meine Figur achten, richtig?", sagte er betrübt.

„Wieso das denn, zum Henker?" Shawn starrte fassungslos Daves sportlichen Körper an, die definierten Arme, die muskulösen Schenkel in den engen Jeans. Er wusste genau, wie dieser herrliche Körper aussah – er hatte ihn oft genug gesehen, wenn sie zusammen im Fitnesscenter waren. Obwohl er möglichst darauf achtete, nicht zur selben Zeit zu duschen wie Dave.

Shawn brauchte nicht noch mehr Folter.

„Ich musste schließlich für Caroline in Form bleiben oder?", grummelte Dave. „Nicht, dass das jetzt noch irgendeine Rolle spielt."

Moment – was?

„Wieso nicht?" Shawns Herz pochte, als sein Verstand bereits die offensichtliche Antwort formulierte: *Sie haben sich getrennt. Er ist wieder Single.*

Nicht, dass Shawn irgendetwas davon hätte.

Auf keinen Fall würde er sich an seinen besten – und absolut heterosexuellen – Freund heranmachen.

Dave rutschte auf der Couch herum, bis er ganz auf der Kante des Sitzpolsters saß, beide Hände um seinen Kaffeebecher gelegt. „Wir hatten letztes Wochenende einen Riesenkrach", gestand er leise. „Dann hat sie mit mir Schluss gemacht."

Obwohl sein Herz raste, als seine Hoffnung bestätigt wurde, fühlte er auch mit Shawn. „Ach, das tut mir leid. Aber vielleicht müsst ihr euch einfach nur mal eine Weile nicht sehen. Vielleicht werdet ihr–"

Dave schüttelte den Kopf. „Netter Gedanke, aber das funktioniert nicht. Lass es einfach gut sein." Er nahm einen weiteren Keks aus der Packung und betrachtete ihn mit Wohlgefallen. „Hey, wenigstens kann ich mich jetzt wieder mit Schokokeksen vollstopfen, richtig?" Er lächelte halbherzig.

Shawn ließ sich von seinem Versuch, witzig zu sein, nicht täuschen.

„Warte mal. Ihr wart drei Monate lang zusammen. Das muss doch etwas bedeuten. Wer weiß, vielleicht ist das nur eine kleine Hürde", sinnierte Shawn. Er liebte Dave genug, um zu wollen, dass er glücklich war. Selbst mit einer Frau.

Dave hob das Kinn und sah Shawn in die Augen. „Nein, Kumpel. Es ist ernster als nur eine kleine Hürde. Weißt du, letzten Samstag kam eine Menge Zeugs ans Tageslicht, und …" Er schüttelte den Kopf. „Lass uns das Thema wechseln."

Shawn fing an, sich Sorgen zu machen. Er betrachtete Dave aufmerksam. „Nein. Bleiben wir beim Thema. Was für'n Zeug?" Als Dave den Blick senkte und errötete, wurde Shawn neugierig. „Dave?"

Dave seufzte. „Ich nehme an, ich kann es dir auch sagen. Wenn wir das nächste Mal ins Fitnesscenter gehen, wird es dir wahrscheinlich sowieso irgendjemand erzählen. Die Leute da können nie irgendwelchen pikanten Klatsch für sich behalten, stimmt's?"

Jetzt war Shawns Neugier erst so richtig geweckt. „Was für … pikanten Klatsch?"

Dave nahm noch einen Schluck Kaffee. „Also, die Sache ist die …" Noch einen Schluck Kaffee.

So verschlossen kannte Shawn Dave gar nicht. „Hey", sagte er leise. „Du weißt, du kannst mir alles anvertrauen, oder? Ich meine, wie lange sind wir schon Freunde?"

Dave nickte. „Ja. Ich weiß. Aber die Sache ist sehr persönlich."

Shawn entknotete seine Beine und setzte sich gerade hin. „Seit wann gibt es Dinge, die so persönlich sind, dass du sie mir nicht sagen kannst?" Es tat ein bisschen weh, dass Dave so dachte. Dave war der erste Mensch gewesen, bei dem Shawn sich geoutet hatte, damals mit fünfzehn. Er war der eine Mensch außerhalb seiner Familie, dem Shawn sich anvertraute, auf den er sich verließ, den er … liebte.

Dave wand sich. „Hör zu, Caroline war

neulich an der Rezeption im Fitnessstudio, okay? Sie ging mich suchen, um mich etwas zu fragen. Und da hat sie … mich dabei erwischt, wie ich … mit jemandem flirtete."

Shawn klappte die Kinnlade herunter. „Sie hat mir dir Schluss gemacht wegen eines *Flirts*? Findest du das nicht ein wenig extrem?" Er sah Dave eindringlich an. „Mit wem hast du geflirtet?" Er zermarterte sich das Hirn und versuchte, sich an all die anderen Frauen zu erinnern, die zusammen mit Caroline dort arbeiteten. Vielleicht war es ja auch eine der Frauen, die den Lady-Bereich des Fitnessstudios nutzten?

David stöhnte. Er stellte den Becher auf den Tisch und verbarg das Gesicht in den Händen.

Okay, das war schräg. „Dave? Was ist los?" Aus irgendeinem Grund stellten sich sämtliche Härchen auf Shawns Armen auf.

Dave vermied noch immer, ihn anzusehen. „Du kennst doch Jake? Den Kerl, der immer mit Gewichten trainiert? Und der sich dabei ständig selbst im Spiegel anguckt?"

Heilige Scheiße.

„Du hast mit … Jake geflirtet?" Shawns Mund stand für einen Moment offen. „Seit wann flirtest du mit Männern?" Keine Antwort. „Dave? Seit wann flirtet ein Hetero-Mann mit anderen Männern?"

Dave hob den Kopf und schaute Shawn von unten herauf an. „Seit er herausgefunden hat, dass er nicht ganz hetero ist, sondern bi?"

Heiligste Scheiße von allen heiligen–

Shawns Kopf war voller Fragen. *Wie hast du herausgefunden, dass du bi bist? Stehst du auf Jake? Hast du schon mal was mit einem Mann gehabt?*

Was natürlich zu der alles entscheidenden Frage führte:

Willst du?

Murphys Gesetz war wie immer ein echter Schweinehund: Shawn kam nicht dazu, auch nur eine dieser wichtigen Frage zu stellen, weil genau in diesem Moment sein Telefon beschloss, zu klingeln.

Oder besser gesagt: Seine Mutter beschloss, ihn anzurufen.

Er warf Dave einen entschuldigenden Blick zu und unterdrückte mit aller Macht das gequälte Stöhnen, das sich seiner Brust entringen wollte. *Gott, ihr Timing ist echt Scheiße.*

„Hallo, Mama, was kann ich für dich tun?" Shawn ließ Dave nicht aus den Augen und schickte ihm eine stumme Bitte, geduldig zu sein und nicht zu gehen – nicht, bevor Shawn fragen konnte, was zum Henker hier vor sich ging.

„Hallo, Schatz. Ich weiß, es ist sehr kurzfristig, aber könntest du heute zum Abendessen herkommen?"

„Abendessen?" Eine Sekunde lang machte das Wort so wenig Sinn, als wäre es eine Fremdsprache. *Dave hat mein Gehirn zu Brei gemacht. Es ist Brei.*

„Du weißt schon, die Mahlzeit am Ende eines Tages?"

Er stieß ein leises Knurren hervor. „Haben wir nicht schon geklärt, dass du nicht besonders gut in Sarkasmus bist?"

„Na ja, was erwartest du, wenn du das Wort in diesem Ton sagst? Man könnte meinen, du hättest es noch nie zuvor gehört."

Das musste er seiner Mutter lassen: ihre Intuition war manchmal erschreckend.

„Warum die plötzliche Einladung? Ich dachte, samstags hättest du immer deine Kuschelabende auf der Couch mit Pizzaservice und Fernsehen." Was *seine* Vorstellung von der langweiligsten Art *der Welt* war, wie man einen Abend verbringen konnte.

„Heute Abend ist das etwas anderes. Wir haben Gäste zum Abendessen, und einer davon hat abgesagt. Da dachte ich, du könntest uns Gesellschaft leisten."

Oh, Gott. Mit Freunden seiner Eltern am Esstisch sitzen. *Kann mich bitte jemand erschießen?*

„Shawn?"

Er riss sich von der zunehmend ablenkenden Unterhaltung los und sah, wie Dave wieder in seine Schuhe schlüpfte und sich von der Couch erhob. Shawn drückte das Handy an seine Brust und flüsterte: „Was ist los?" *Abgesehen von der Tatsache, dass du soeben zugegeben hast, bisexuell zu sein.* Sein Herz hämmerte. *Wage es nicht, jetzt zu gehen. Denk nicht einmal daran, jetzt zu gehen.*

Daves Gesicht war erhitzt und gerötet. „Hör zu. Rede du nur mit deiner Mutter. Ich … ich rufe dich nachher an, okay? Ich weiß, du hast am Wochenende immer haufenweise Sachen zu erledigen." Er ließ seinen Kaffeebecher auf dem Tisch stehen und schnappte sich seine Jacke von der Armlehne der Couch, wo er sie gelassen hatte. „Ich finde selbst nach draußen."

Bevor Shawn ihn aufhalten konnte, war er auch schon weg. Das Klicken der Tür, die sich hinter ihm schloss, war das einzige Geräusch in der Wohnung.

Abgesehen von der gedämpften Stimme seiner Mutter an seiner Brust.

Shawn schloss die Augen und zählte bis drei. Dann hob er das Telefon an sein Ohr. „Entschuldige, Mama. Dave war gerade hier, aber musste wieder los." Der Grund für Daves Aufbruch war verdammt offensichtlich. Sein Freund war über die Maßen peinlich berührt.

„Ach. Das wusste ich nicht. Sonst hättest du ihn von mir grüßen können. Also, wegen des Abendessens", fuhr sie fort. Ihre Feingefühl glich dem einer Dampfwalze.

„Na gut. Welche Zeit?" Shawn hatte keine Lust, sich zu streiten. Ihm schwirrte noch immer der Kopf von Daves schockierender Enthüllung.

„Sei so um sechs hier, okay? Dann sind wir nicht in Eile."

„Alles klar. Ich sehe dich dann um sechs." Er beendete den Anruf. Seine Gedanken waren bei Dave. *Er ist bi?*

Shawn war kein Idiot. Er wusste, dass zu einem Tango immer zwei gehörten. Aber es war doch schon ein Anfang, zu wissen, dass sie beide zur selben Musik tanzten, oder?

Oder?

* * * * * *

Dave setzte sich hinters Steuer und schloss die Autotür.

Scheiße. *Ich fasse es nicht, dass ich es ihm gesagt habe.*

Er war nicht mit der Absicht gekommen, so herauszuposaunen, was vorgefallen war. Aber wie üblich hatte er nicht die Klappe halten können. Und nachdem die Worte erst über seine Lippen gekommen waren, hatte er Shawn nicht mehr in die Augen sehen können. Er hatte nicht sehen wollen, was im Gesicht seines Freundes zu lesen gewesen war. Für den Fall, dass es sich um schlechte Nachrichten handelte.

Moment. Schlechte Nachrichten? Was hab' ich denn von ihm erwartet?

Dann schnaubte er. Dave betrachtete sich selbst im Rückspiegel. „Hast du wirklich geglaubt, er würde schlecht von dir denken?" Es war *Shawn*, um Gottes Willen. Sein bester Freund, durch dick und dünn, der Planer von Unfug, der Hüter von Geheimnissen …

Mit Ausnahme des einen Geheimnisses, das

Dave für zu groß hielt, um es mit ihm zu teilen – den Grund, warum ihm klar geworden war, dass er vielleicht bisexuell war.

Wann ist das passiert? Wann hat sich mein bester Freund in etwas anderes verwandelt?

Dave wusste, dass das Blödsinn war. Nicht Shawn hatte sich verändert, sondern er selbst.

Die Frage müsste wohl eigentlich lauten: Wann habe ich angefangen, meinen besten Freund anzuschauen, als wäre er mehr als ein Freund? Denn er hatte Shawn noch nie so betrachtet wie jetzt. Und der Anruf hätte zu keinem besseren Zeitpunkt kommen können, oder Dave hätte womöglich noch etwas *richtig* Dummes gesagt.

Auf keinen Fall würde Dave eine jahrelange Freundschaft aufs Spiel setzen, nur weil ihm plötzlich auffiel, dass er scharf auf seinen besten Freund war.

Dann wurde ihm bewusst, dass Shawn auch jeden Moment aus dem Fenster schauen konnte. *Was würde er denken, wenn er mich hier sitzen und Selbstgespräche führen sähe?*

Er schnaubte erneut. „Er würde denken, dass ich den Verstand verloren habe."

Dave hatte den schleichenden Verdacht, dass Shawn damit auch nicht so falsch liegen würde.

Höchste Zeit, loszufahren, bevor er entdeckt wurde. Natürlich würde er zurückkommen. Er würde sich dafür entschuldigen müssen, so abrupt aufgebrochen zu sein. Aber es gab auch noch einen anderen Grund, oder?

Dave musste etwas wissen, bevor er noch total durchdrehte.

Bin ich einfach gerade nur durcheinander – oder ist das, was ich empfinde, echt?

Shawn ließ sich selbst in das Haus seiner Eltern und schnupperte. Hühnchen, Knoblauch, Kräuter …

Er lächelte vor sich hin. *Super, sie hat mein Lieblingsessen gekocht: Curryhühnchen.* Seine Mutter wusste genau, wie sie ihn verwöhnen konnte, so viel stand fest

Und wie sie ihm Schuldgefühle bereiten konnte. Es war Ewigkeiten her, dass er hier gewesen war. Er konnte nichts dafür – er hatte sich nur gedrückt, weil seine Mutter die ärgerliche Angewohnheit hatte, ihn mit jedem x-beliebigen, schwulen Mann verkuppeln zu wollen, der ihr über den Weg lief. Das hatte sich gelegentlich als wirklich peinlich erwiesen.

„Hi, ich bin's nur, ein Einbrecher," rief er. Es war ein ständiger Witz, jedes Mal, wenn er seinen Schlüssel benutzte. Shawn hatte ihn längst zurückgeben wollen, aber seine Mutter wollte davon nichts hören. Sein Argument, dass er ja nicht mehr hier wohnte, stieß auf taube Ohren.

„Wir sind in der Küche", rief seine Mutter zurück. Shawn hörte den Fernseher im Wohnzimmer laufen und musste lachen. Gäste oder nicht, sein Dad ließ sich anscheinend durch nichts von seinem Samstagnachmittag-Football abhalten. Shawn steckte seinen Kopf durch die Tür.

Papa saß in seinem Lehnsessel. Seine Füße

steckten in Pantoffeln und ruhten auf der mit Stoff bezogenen Nähtruhe-Schrägstrich-Fußbank seiner Mutter. In seinem Schoß lag eine Zeitung ausgebreitet, und neben ihm stand die größte Tasse, die die Menschheit je gesehen hatte, gefüllt mit Tee. Das Spiel im Fernseher ging seinem Ende entgegen.

Shawn blinzelte den Bildschirm an und stöhnte. „Ach, um Gottes Willen. Sie verlieren schon wieder?"

Sein Vater stöhnte ebenfalls. „Nicht so laut. Sonst hören sie dich noch." Als Shawn die Stirn runzelte, deutete sein Vater auf den Bildschirm. „Sie brauchen alles Glück, das sie kriegen können."

Shawn kicherte. „Ich bezweifele, dass sie mich durch den Fernseher hören können, Papa." Er neigte den Kopf in Richtung Küche. „Also, wer sind die Gäste?"

Sein Dad blinzelte. „Gäste? Da ist nur Tristan."

Shawn brauchte nicht mehr als drei Sekunden, um die Information zu verdauen und zu einer unangenehmen Schlussfolgerung zu kommen. Er erkannte diesen Namen.

Dem Gesichtsausdruck seines Vaters nach zu urteilen, war der zu dem gleichen Schluss gekommen. „Ach, Gott. Sie tut es schon wieder, oder? Was hat sie dir dieses Mal gesagt?"

„Dass ich für einen fehlenden Gast einspringe." Shawn gab sich alle Mühe, ruhig zu bleiben. Beim letzten Mal hatte sie so getan, als würde jemand seinen Rat in Sachen Buchführung benötigen, nur dass sich dieser jemand – Ethan – als Mamas neuer und auffällig schwuler Nachbar herausstellte. Shawn sah seinen Vater mit wachsendem Entsetzen an. „Dieser Tristan ... das ist doch ihr Friseur, oder? Ich meine, dass das sein Name war. Ist er wie Ethan?"

Sein Vater seufzte schwer. „Ich habe ihn nur kurz beim Hereinkommen gesehen, aber er könnte Ethans Zwillingsbruder sein." Er warf Shawn einen entschuldigenden Blick zu. „Tut mir leid, Junge, aber du weißt ja, wie sie ist. Sie will dich unbedingt unter die Haube bringen, du weißt schon, so richtig mit Ehemann."

Shawns Seufzer war wie ein Echo seines Vaters. „Das finde ich ja auch gar nicht so schlimm. Aber die Typen, die sie für mich findet!"

Sein Vater lachte. „Du weißt, wie das kommt, oder? Sie nimmt immer die, die total offensichtlich schwul sind. Bei denen kann sie sicher sein, dass sie nicht beleidigt sind, wenn sie sie fragt."

Shawn schnaubte. „Du meinst die mit den schlaffen Handgelenken und dem Lispeln? Es gibt unzählige Schwule, denen man es nicht ansieht, weißt du." Dann fing er an zu lachen.

„Was ist so witzig?"

„Erinnerst du dich noch an das eine Mal, als sie den Inhaber des Juweliergeschäfts gefragt hat, ob er schwul sei, und–"

„Und es stellte sich heraus, dass eine Frau und

zwei Kinder hatte." Sein Vater schüttelte den Kopf. „Ich glaube, wäre sie ein Mann gewesen, dann hätte er ihr eine reingehauen."

„Shawn? Wo bist du? Hast du dich auf dem Weg in die Küche verlaufen?" Ein lautes Kichern folgte.

Shawn ließ laut dem Atem heraus. „Tja. Es lässt sich wohl nicht länger aufschieben, schätze ich." Er zwinkerte seinem Vater zu. „Wünsch mir Glück."

„Shawn?"

Er blieb in der offenen Tür stehen. „Ja?"

Sein Vater grinste. „Sei nett zu ihm. Denk daran: Er hat nichts weiter getan, als eine Einladung zum Abendessen anzunehmen. Er hat keine Ahnung von den ruchlosen Absichten deiner Mutter."

Shawn gab vor, es zu erwägen. „Ich werd's versuchen. Aber wenn er so nervtötend ist wie der letzte Kandidat, kann ich für nichts garantieren."

Sein Vater lachte. „Na, geh schon. Ich kümmere mich darum, dass ein Krankenwagen auf Abruf bereitsteht."

Er kicherte. Aus der Küche am Ende des Flures ertönte Gelächter, was nichts Gutes verhieß. Shawn holte tief Luft und drückte die Tür auf.

Mama stand mit dem Rücken zu ihm und redete lebhaft, während sie Kräuterbutter auf einem ausgerollten Pizzateig verteilte. Neben ihr stand ein langes Elend mit einer glänzenden, schwarzen Mähne, die das Licht der Lampe über dem Herd reflektierte. Er stand lässig gegen den Kühlschrank gelehnt und hielt in der Hand einen–

„Seit wann gibt es in diesem Haus Cocktails?", rief Shawn aus. Sein Kopf drehte sich. Allmächtiger Gott, wie oft schon hatte er seiner Mutter verschiedene Cocktails vorgeschlagen, von denen er dachte, sie würde sie mögen? Und sie hatte schon die bloße Idee jedes Mal kategorisch abgelehnt. Und da stand sie nun und genoss offensichtlich etwas, das verdächtig wie ein Cosmo aussah: Ihr Glas stand auf der Arbeitsplatte.

Mama wirbelte hastig herum, und ein Klecks Knoblauchbutter segelte von ihrem Messer quer durch den Raum und landete auf Shawns schwarzem Hemd. Er starrte mit offenem Mund, als das fettige Gemisch an der schwarzen Baumwolle abwärts rutschte und auf seinen frisch geputzten, schwarzen Schuhen landete.

Tristan riss Augen und Mund auf, dann brach er in schallendes Gelächter aus. „Oh, *weia*", sagte er und rieb sich die Augen.

Shawn hob die Augenbrauen. „Freut mich, dass ich dich amüsiere", sagte er trocken. Dann nickte er mit dem Kinn zu Tristans Cocktailglas. „Ich nehme an, für mich gibt's auch einen?"

Shawns Mutter blinzelte. „Bekomme ich nicht einmal eine Umarmung?"

„Nur, wenn du Knoblauchbutter auf deiner besten Bluse haben willst", antwortete Shawn mit einem süßlichen Lächeln. Er ging zu ihr und gab ihr einen Kuss auf die Wange. „Hi. Wann kommen die anderen Gäste an?" Er genoss es, sie ein bisschen ins Schwitzen zu bringen.

„Oh. Ja. Also", kicherte seine Mutter nervös. „Es hat sich herausgestellt, dass es nur Tristan hier geschafft hat. Bleibt mehr für uns, oder?"

„Tatsächlich?" Shawn verschränkte die Arme vor der Brust – vorsichtig, um nicht an den Butterfleck zu kommen.

Sie deutete auf den Ofen, der die köstlichen Aromen verströmte, die ihm schon in die Nase gestiegen waren, als er das Haus betreten hatte. „Ich habe dein Lieblingsessen gemacht", sagte sie mit einem breiten Lächeln, als würde das wieder gut machen, dass sie das Blaue vom Himmel gelogen hatte. Oder vielmehr, da ihr nun klar geworden war, dass er Bescheid wusste.

Tristan bewahrte sie vor weiteren Peinlichkeiten, indem er einen Cocktail aus dem Shaker in ein Glas goss und Shawn reichte. „Ich hoffe, du magst Cosmos. Ich habe sie mitgebracht."

Shawn hielt mit dem Glas an seinen Lippen inne. „Sie?"

Tristan nickte und ergriff eine Dose, die in der Nähe stand. Er hielt sie Shawn hin, damit der sie studieren konnte.

„Cosmos in Dosen. Praktisch." Shawn nippte an seinem Glas und zuckte zusammen. „Verdammt, das ist ja der reine Zucker."

„Mir schmeckt's", sagte Mama fröhlich, alle

Peinlichkeiten vergessen. „Du hattest recht, weißt du, als du mir immer sagtest, ich würde Cocktails mögen."

„Hmm, stell dir nur vor", murmelte Shawn. „Ein schwuler Mann, der sich mit Cocktails auskennt. Man könnte denken, es gäbe auch Schwule, die Musicals mögen, für Mode schwärmen, sarkastisch wie Diven sind und …" Er konnte nicht widerstehen. „Was ist mit diesem anderen schwulen Klischee, das wir alle kennen und lieben – dem schwulen Friseur?"

Tristan schürzte die vollen Lippen. „Nicht *alle* Friseure sind schwul."

Shawn warf einen Blick auf Tristans Augen. Er bemerkte die Wimperntusche, dann die extra skinny Jeans, das eng anliegende T-Shirt und zum guten Schluss den seidigen Glanz seiner Haare. „Mh-hm."

Tristan schnaubte. „Ich meine, wenn du mich auf der Straße treffen würdest, könntest du mir dann etwa ansehen, das *ich* schwul bin?"

Shawn blinzelte. Seine Mutter blinzelte. Und dann sagten sie vollkommen synchron: „Ja."

Tristan riss die Augen auf. „Wirklich?"

Shawn konnte sich gerade noch beherrschen, um nicht laut loszulachen. *Das soll wohl ein Scherz sein.* Tristan war so tuntig, dass noch in einem Umkreis von hundert Kilometern jeder Schwulenradar losgehen würde. Dann wurde ihm klar, dass er Tristans Reichweite noch *deutlich* unterschätzte.

Das wird jetzt wirklich absurd. Wenn ich dieses Abendessen überstehen soll, dann brauche ich wesentlich mehr Alkohol.

Shawn kippte sein Cocktail herunter, verzog das Gesicht wegen der Süße und hielt sein Glas hin. „Hast du noch einen?"

Tristans Gesicht leuchtete auf. „Klar." Er zog noch einige Dosen aus einer Plastiktüte, die auf dem Boden stand. „Ich habe auch Mojitos und Sex on the Beach."

„Ich nehme den Sex, bitte", sagte Shawn grinsend, erfreut über das Keuchen seiner Mutter. Er war längst darüber hinaus, sich deswegen Gedanken zu machen. Das Abendessen hatte alle Zutaten für eine Höllenmahlzeit, und je mehr Alkohol er zu sich nahm, umso weniger würde er sich morgen daran erinnern.

* * * * * *

„Das war köstlich", verkündete Tristan und tupfte sich die Lippen mit seiner Serviette. „Ich wäre nie auf die Idee gekommen, Knoblauch-Pizzabrötchen mit einem indischen Curry zu servieren, aber das zeigt nur mal wieder, dass ich auch nicht alles weiß." Er legte seine Serviette beiseite, dann verschränkte er die langen Finger mit den perfekt manikürten Nägeln.

Untertreibung des Jahres, war der erste

Gedanke, der Shawn durch den Kopf schoss. Aber er beschloss, höflich zu bleiben. „Eigentlich macht Mama das nur, weil es mein Lieblingsessen ist."

Tristan strahlte sie an. „Oh, Sharon. Du verwöhnst ihn ja ganz schön."

Aus irgendeinem Grund blieb der Kommentar Shawn im Halse stecken, aber bevor er etwas sagen konnte, wandte Tristan ihm seine großen, braunen Augen zu. „Also, Sharon hat mir erzählt, dass du Buchhalter bist. Das klingt … interessant."

Aus dem Augenwinkel sah Shawn seinen Vater zusammenzucken.

Shawn schnaubte. „Was du wirklich sagen wolltest, aber aus Höflichkeit nicht gesagt hast, ist, dass es langweilig klingt." Er machte eine wegwerfende Handbewegung. „Und damit wärst du nicht der Erste."

Seine Antwort schien Tristan ermutigt zu haben. „Ja, nun, da du es selbst sagst …" Er lachte. „Ich meine, wer sucht sich schon *Buchhalter* als Traumberuf aus?"

Mama blinzelte an der anderen Seite des Tisches, dann schoss ihr Blick nervös in Shawns Richtung. Papa schüttelte langsam den Kopf und warf Tristan einen mitleidigen Blick zu.

Shawn allerdings hatte keinerlei Mitleid übrig.

Okay. Die Schonfrist ist offiziell zu Ende.

Er lächelte Tristan süßlich an. „Also, du bist Friseur, Tristan."

Tristan zuckte leicht zusammen. „Ich

bevorzuge den Ausdruck *Stylist*."

„Ich wette, das tust du", sagte Shawn, ohne dass die Strahlkraft seines Lächelns nachließ. „Gehört dir der Salon?"

Tristan schüttelte den Kopf. „Er gehört Marie. Ich arbeite erst seit einem Monat für sie."

Shawn riss die Augen auf. „Erst einen Monat? Du meine Güte, dann musst du ja vor kurzem noch Haare vom Boden aufgefegt haben. Lasst Marie dich schon Haare schneiden, oder bist du noch nicht ganz so weit die Karriereleiter hochgestiegen?" Er hörte seinen Vater unterdrückt kichern.

Tristen kniff seinen Mund zusammen. „Sie sagt, dass ich in einem Monat oder so Haare schneiden könnte. Im Moment föne ich."

Shawn nickte weise. „Das heißt, sie lässt dich nur die Rentnerinnen bedienen, richtig? Sie ist noch nicht bereit, dich mit einer Schere auf die Allgemeinheit loszulassen." Bevor Tristan dazu etwas sagen konnte, beugte Shawn sich nach vorn. „Aber eines Tages willst du deinen eigenen Salon haben, stimmt's?"

Tristan nickte eifrig. „Das ist mein Traum. Ich–"

„Nun, wenn dieser Tag kommt, dann wirst du jemanden wie mich brauchen, denn ohne mich wird der Fiskus sich jeden Penny holen, den er kriegen kann. Und es wird jemand wie ich sein, der dir sagt, was du tun musst, damit das nicht passiert. Ich wette, dann wirst du nicht mehr denken, dass Buchhalter langweilig sind, oder?" Noch während er die Worte sagte, bereute Shawn sie bereits. Er benahm sich wie ein erstklassiges Arschloch. Und schlimmer noch – er wusste, warum er das tat, und es hatte nicht das Geringste mit Tristan zu tun.

Es ging *darum*, dass seine Mutter etwas unterbrochen hatte, das Potenzial für ein lebensveränderndes Gespräch mit Dave gehabt hatte. Es ging *darum*, dass sie versuchte, ihn mit einem x-beliebigen Kerl zu verkuppeln, während Dave der Einzige war, den er wollte.

Tristan schob seinen Stuhl zurück und stand auf. „Entschuldigt mich bitte, ich … muss mal kurz ins Bad." Er verließ das Esszimmer eilig.

Papa hüstelte. „Ich glaube, ich gehe mal raus und rauche für ein Minütchen meine Pfeife." Er warf Shawn einen scharfen Blick zu, bevor er den Raum verließ. Shawn konnte nicht umhin zu bemerken, wie die Schultern seines Vaters beim Rausgehen bebten.

Mama war allerdings nicht belustigt. Kein bisschen.

Shawn ließ sie jedoch gar nicht erst zu Wort kommen. „Das machst du *nie* wieder, in Ordnung?"

Sie funkelte ihn an. „Warum bist du so sauer?"

„Warum? Weil du es einfach nicht sein lässt. Wenn ich einen festen Freund will, dann werde ich mir selbst einen suchen, okay? Es ist ganz sicher nicht notwendig, dass meine Mutter sich aufführt wie ein …" Das Wort *Zuhälter* lag ihm auf der

Zunge, aber er konnte sich im letzten Moment zurückhalten. „Wie eine Kupplerin. Ich bin siebenundzwanzig, wie du weißt. Das bedeutet, ich bin absolut in der Lage, mein Liebesleben selbst zu in die Hand zu nehmen."

„Nur, dass du überhaupt kein Liebesleben *hast*", sagte sie leise. „Und warum bist du gerade jetzt so? Das letzte Mal, als ich jemanden eingeladen habe, warst du nicht so sauer."

Er konnte ihr nicht die Wahrheit sagen. Dass er nur seinen Frust an ihr ausließ. Seinen Frust darüber, dass der Mensch, mit dem er wirklich gern zu Abend gegessen hätte, jetzt gerade wahrscheinlich im Scheiß-Fitnessstudio war und mit Scheiß-*Jake* flirtete.

Seine Mutter riss die Augen auf. „Oh. Ich verstehe."

Shawn blinzelte. „Du … verstehst?" Scheiße, er hoffte, nicht. *Bitte, lieber Gott, lass Mamas Intuition einmal nicht so erschreckend zutreffend sein.*

Sie nickte mit leuchtenden Augen. „Du hast jemanden kennengelernt, stimmt's? Es gibt einen Mann, für den du dich interessierst."

„Nein", widersprach er, obwohl sein Herz heftig klopfte.

Anscheinend nahm sie ihm das nicht ab. „Lüg mich nicht an, Shawn Michael Collins. Du bist sauer, weil ich dich hergebeten habe und du aus Höflichkeit nicht nein gesagt hast, obwohl es jemanden gibt, mit dem du deinen Samstagabend viel lieber verbracht hättest. Und jetzt sag mir noch einmal, dass ich falsch liege", sagte sie triumphierend.

Er stöhnte innerlich. Er wollte einfach nur in Ruhe gelassen werden. „Na gut, schön. Ja. Es *gibt* jemanden. Bitte. Bist du jetzt glücklich?"

„Nein! So leicht kommst du nicht davon. Wie heißt er? Wo habt ihr euch kennengelernt? Wann wirst du ihn mir vorstellen?"

Shawn hielt die Hände hoch. „Oh, Mann. Langsam. Dass ich mich für ihn interessiere, heißt ja noch nicht, dass er dieses Interesse erwidert, okay? Und mach dir nicht zu große Hoffnungen, denn ich glaube wirklich nicht, dass irgendwas daraus wird."

Bei Shawns Glück befand sich Dave jetzt wahrscheinlich längst auf den Knien in der Dusche des Fitnessstudios und lutschte Jake den Schwanz, als hinge sein Leben davon ab. Der Gedanke allein verursachte ihm Übelkeit.

Tristan kam leise ins Zimmer zurück und setzte sich wieder. Er war eindeutig niedergeschlagen.

Und daran bin ich schuld. Shawn kam sich in diesem Moment so schäbig vor.

Als Tristan den Mund öffnete, um etwas zu sagen, sprang Shawn in die Bresche. „Sieh mal, wegen vorhin – das war nicht richtig von mir, okay? Ich hatte kein Recht, so mit dir zu reden."

Tristan schluckte. „Oh. Okay. Sicher."

Er hörte dich *nicht* sicher an.

„Ich sag' dir was." Shawn nickte mit dem Kinn zu dem Plastikbeutel mit den Cocktaildosen. „Wie wär's, wenn wir uns noch etwas Eis besorgen und die Dosen leer machen? Danach können wir den Barschrank meines Vaters plündern und meiner Mutter hier beweisen, dass schwule Männer die *besten* Cocktails machen."

Ein zaghaftes Grinsen begann sich über Tristans Gesicht auszubreiten. „Abgemacht." Er warf Shawns Mutter einen Blick zu. „Sie können sich auf eine krasse Erfahrung gefasst machen. Na ja, je nachdem, was sich in dem Barschrank befindet." Er zwinkerte. „Wenn da allerdings nur eine Flasche Menthollikör drin ist, haben wir ein Problem."

So wie er seinen Vater kannte, würden sie diesbezüglich keinerlei Schwierigkeiten haben. Um genau zu sein …

Shawn lächelte seine Mutter an. „Ich hoffe, du hast Kopfschmerztabletten im Haus? Weil du nämlich morgen früh einen mächtigen Kater haben wirst." Und mit etwas Glück würde es ihm ebenso gehen.

Er würde liebend gern diesen Abend aus seiner Erinnerung löschen.

Shawn faltete seine Wäsche und sortierte sie in die Schränke. Er warf einen Blick auf die Uhr an seinem Bett und lächelte. *Noch reichlich Zeit, um ins Fitnessstudio zu gehen.* Ihm gefiel sein Sonntagsritual. Früh aufstehen, um die Wäsche zu machen, und danach mit Dave zum Training, um in Form zu bleiben. Es reichte nicht wirklich, aber es war besser als nichts. Natürlich war es in den letzten drei Monaten ein wenig anders gewesen. Dave war zwar da gewesen, aber eigentlich nur im Geiste. Er verbrachte seine Zeit an der Rezeption, um Caroline Gesellschaft zu leisten und mit ihr zu reden. Falls er überhaupt kam. Manchmal erhielt Shawn auch kurz vorher eine SMS, die besagte, dass sein Kumpel irgendwo anderweitig beschäftigt war.

Shawn war schnell klar geworden, dass es keinen Spaß machte, allein zu trainieren. Er vermisste die Neckerei und den freundschaftlichen Wettbewerb im Gewichte-Raum, die langen Gespräche Seite an Seite auf den Laufbändern oder Rudergeräten. Für ihn ging es um mehr als nur darum, fit zu bleiben. Für Shawn war es vielmehr ein soziales Ereignis – eine Gelegenheit, Zeit mit seinem besten Freund zu verbringen. Und die Unterbrechung dieses Rituals schmerzte ihn mehr, als er sich eingestehen wollte.

Shawn zog sein Trainingszeug aus der Schublade und stopfte es in seine Sporttasche, zusammen mit einem Handtuch für die Dusche. Er brauchte heute ein gutes Workout. In der vorangegangenen Woche hatte er mehr Stunden als üblich an seinem Schreibtisch gesessen, und sein Körper schrie geradezu nach Bewegung. Ganz zu schweigen davon, dass er sich einen Kater abarbeiten musste. Nun musste er nur noch eine Nachricht an Dave schreiben und ihn fragen, um welche Uhrzeit es losgehen sollte.

Hey. Heute Fitnesscenter? Hast gestern nix gesagt.

Shawn hoffte, sie würden Gelegenheit haben, miteinander zu reden. Besonders nachdem sie am Samstag so plötzlich auseinandergegangen waren. *Wir müssen wieder zu unserem normalen Verhältnis zurückfinden.* Er würde sich keine falschen Hoffnungen machen: Daves schockierende Eröffnung bedeutete *nicht*, dass er nun plötzlich Interesse bekunden würde, mit Shawn etwas anzufangen, ganz gleich, wie sehr Shawn sich auch genau das wünschen mochte. Nein, Shawn wäre vollkommen glücklich, wenn sie wieder da weitermachen könnten, wo sie waren, bevor Dave seinen Mut zusammengerafft und Caroline gebeten hatte, mit ihm auszugehen.

Tja, und das war schon seltsam gewesen. Dave war nicht der schüchterne, nervöse Typ. Und es war nicht so, als wäre er nicht schon vorher mit Frauen ausgegangen. Es hatte über die Jahre einige Mädchen gegeben. Nichts Dauerhaftes, sicher, aber genug, um zu zeigen, dass er auf Frauen stand.

Allerdings waren seine früheren Freundinnen *kein bisschen* wie Caroline gewesen.

Shawn schüttelte den Kopf. Caroline war geradeaus, laut und sarkastisch. Sie hatte einen Körper, den man nicht übersehen konnte. Sie hielt sich in Form und war die beste Werbung für das Fitnesscenter. Und vom ersten Tag an, als sie an der Rezeption anfing, war es klar gewesen, dass sie scharf auf Dave war.

Weil sie einen guten Geschmack hat. Darum.

Dave war gut gebaut, hatte Muskeln an all den richtigen Stellen und gerade genug Fleisch auf den Rippen, um zu zeigen, dass er nicht zu denen gehörte, die im Fitnessstudio lebten, schliefen und aßen. Strubbeliges, schwarzes Haar, die hübscheste Stupsnase und hellblaue Augen, die Shawn stets einen warmen Schauer über den Rücken jagten. Er scherzte oft mit Dave darüber, dass der sein Haar schneiden lassen müsste, aber gleichzeitig lag ihm stets auf der Zunge: *Wage es nicht!* In den langen Nächten, wenn der Schlaf einfach nicht kommen wollte, nahm Shawn sein Fleshlight, schloss die Augen und stellte sich vor, er würde sich an Daves wilden Locken festhalten, während Daves Mund seinen Schwanz bis zur Wurzel schluckte, fest saugte …

Sorry. Vergaß zu sagen, dass ich früher gehe. Bin schon hier.

Shawn starrte die Nachricht an. Er versuchte,

nicht zu viel in die Worte hineinzulesen und die Kränkung zu ignorieren, die er dabei empfand. *Er ist ohne mich gegangen. Er hat nicht einmal angerufen.*

Daves Nachricht verstärkte nur noch die Überzeugung, die Shawn am Tag zuvor gewonnen hatte: *Er will mich nicht sehen. Es ist ihm zu peinlich.* Es dauerte einen Moment, bis ein weiterer möglicher Grund sich in seine Gedanken drängte: *Er will mich nicht dabeihaben, weil er Jake anmacht und ich ihm dabei nicht in die Quere kommen soll.*

Ja. Das ergab Sinn. Es war eine Woche vergangen, Caroline war nicht mehr im Spiel, und er konnte nach Herzenslust mit Jake flirten. Je mehr Shawn darüber nachdachte, umso deutlicher sah er es vor sich. Dave auf dem Rücken liegend und Gewichte stemmend, während Jake hinter seinem Kopf stand und aufpasste. Einen Ständer in dieser lose sitzenden Shorts, die Jake immer trug. Und der man deutlich ansehen konnte, dass da keine Unterwäsche drunter war.

Sein Handy signalisierte eine weitere Nachricht und riss ihn aus seinen Gedanken. *Willst du mir Gesellschaft leisten? Bin allerdings schon fast fertig.*

Shawn war nicht völlig blöd. *Wenn er mich wirklich hätte dabeihaben wollen, dann hätte er vorher gefragt.* Vielleicht hatte Dave Schuldgefühle bekommen, weil Shawn nicht gleich geantwortet hatte. Das hatte er nicht gewollt, nicht eine Sekunde lang.

Shawns Daumen flogen über die Tastatur auf dem Display. *Alles gut. Nächstes Mal. Viel Spaß. Hau rein!*

Sekunden später kam Daves Antwort. *LOL. Alles klar.*

Shawn steckte das Telefon in seine Jeanstasche. Er wusste, dass er auch allein ins Fitnessstudio gehen konnte. Aber die Vorstellung, dort Dave über den Weg zu laufen und ihm dabei zuzusehen, wie er mit Jake plauderte ... wie sich die beiden umkreisten wie läufige Hunde ...

Oh, Mann! Mach mal halblang!

Er konnte doch gar nicht wissen, ob das wirklich passierte, oder? Dave hatte zugegeben, dass er mit Jake geflirtet hatte, und wenn schon! Das bedeutete nicht, dass er dasselbe genau in dieser Sekunde tat. Das bedeutete nicht, dass er Shawn absichtlich *nicht* Bescheid gesagt hatte, um ohne Publikum flirten zu können.

So zu denken, war nicht gut.

Shawn schloss die Augen und atmete einen Moment lang tief durch, um wieder runterzukommen. *Mach einfach mit deinem Tag weiter und denk nicht weiter an ihn.*

Klar. Als wenn *das* so einfach wäre.

* * * * * *

Dave steckte sein Handy weg und tat sein Bestes, nicht an Shawn zu denken. Seine Brust zog sich zusammen, als er sich Shawns Gesicht vorstellte. Es spielte keine Rolle, dass Shawn kilometerweit weg war – es war, als könnte Dave bis hierher spüren, wie gekränkt Shawn war.

Ich kann ihm nicht gegenüber treten. Ich ... kann einfach nicht. Vielleicht würde er irgendwann nächste Woche so weit sein, diese ganze Unterhaltung hinter sich lassen zu können, aber im Augenblick fühlte es sich alles noch zu frisch an. Außerdem brachte es Dave zu sehr durcheinander, in Shawns Nähe zu sein. Er wusste, dass er spätestens nach fünf Minuten mit ihm alles herausplappern würde – warum er überhaupt erst mit Caroline ausgegangen war, zum Beispiel. Denn ehrlich gesagt hatte es nichts damit zu tun gehabt, dass er auf sie stand. Er hatte sie nur als eine Art Schutzschild benutzt.

Dave ging zu den Lateralzügen und versuchte, seinen Kopf abzuschalten und all die Gedanken wegzuschieben, die ihn geplagt hatten, seit er aus Shawns Wohnung geflüchtet war.

„Also, wegen letztem Samstag."

Jakes tiefe Stimme drang in Daves Bewusstsein, und er verbiss sich ein Aufstöhnen. *Oh, Gott, nein.* Das hatte ihm gerade noch gefehlt.

Aber Gott hörte offenbar gerade nicht zu. Jake kam auf ihn zu und blieb direkt vor ihm stehen.

„Hm?" Dave stellte sich dumm. „Hast du was

gesagt?"

Jake hob die Augenbrauen, und Dave konnte beinahe die unausgesprochene Frage hören: *Willst du mich verarschen?*

„Ich fragte gerade nach letztem Samstag", sagte Jake und senkte die Stimme. „Allerdings habe ich eine ganze Reihe Fragen."

Nein, keine Fragen!, schoss es Dave durch den Kopf. *Bitte, Jake, um Gottes Willen, kannst du es nicht einfach vergessen?*

Gott hörte noch immer nicht zu.

„Also, hast du mit mir geflirtet, weil du deine Freundin eifersüchtig machen wolltest, damit sie dich nicht als selbstverständlich betrachtet? Falls ja, dann ist das nämlich mächtig nach hinten losgegangen, nach Carolines Gesicht zu urteilen." Jake machte eine Pause, um Luft zu holen. „Oder hast du *wirklich* mit mir geflirtet, weil du scharf auf mich bist, ernsthaft interessiert? Und du wolltest damit meine Aufmerksamkeit erregen?" Jake grinste. „Weil ich sagen muss, falls es Letzteres war, dann hat es funktioniert." Jake zwinkerte ihm zu. „Und wenn man den Gerüchten glauben darf, dann bist du wieder Single."

Oh, Gott. Ich sterbe hier.

„Natürlich bin ich aus allen Wolken gefallen, als mir klar wurde, dass du auf Frauen *und* Männer stehst. Ich hatte keine Ahnung. Du hast ja bis jetzt immer den Mund gehalten." Er grinste Dave süffisant an. „Und dabei ist das so ein hübscher

Mund."

Dave hatte keine Ahnung, wie er darauf reagieren sollte. Er hatte so ein dumpfes Gefühl, wenn er Jake abwies und ihm sagte, dass er nicht wirklich interessiert gewesen war, sondern nur seine Flirtkünste trainiert hatte, würde das nicht so gut laufen. *Ich kann ihm schlecht sagen, dass ich eigentlich nur wissen wollte, ob ich auf Männer attraktiv wirke.*

Erst als er später Shawn davon erzählt hatte, hatte er sich selbst die Wahrheit eingestanden: Was er wirklich hatte wissen wollen, war, ob *Shawn* ihn attraktiv finden könnte.

Und dann musste ich natürlich alles ruinieren, indem ich davonrannte wie ein aufgeschrecktes Kaninchen.

„Dave?"

Scheiße. Jake erwartete eine Antwort.

Dave nahm einen tiefen Atemzug. „Jake, ich bin sicher, du bist ein toller Kerl, und—"

„Und du kannst an dieser Stelle direkt aufhören." Jake verschränkte die Arme vor seiner breiten Brust. „Ich weiß schon, was jetzt kommt. Um ehrlich zu sein, war ich sowieso ziemlich überrascht, dass du mich angemacht hast."

„Angemacht habe ich dich ja nicht direkt", murmelte Dave.

Jake schnaubte. „Ich wette, deine Freundin hat das anders gesehen, oder? Ich hörte, sie hätte dich ganz schön zusammengestaucht."

Das stimmte allerdings. Dave seufzte. „Tut mir leid, Jake. Du hast recht. Ich habe mit dir geflirtet."

Jake starrte ihn an. „Was war ich dann also? Ein Experiment? Nicht, dass ich mich beschwere. Du bist zufällig genau mein Typ, anders als die meisten der Kerle, die hierher kommen. Dein Kumpel, zum Beispiel."

Die kritische Bemerkung ließ Dave hochfahren. „Wieso? Was ist mit Shawn?"

„Ich mag Männer, die ein paar Muskeln haben. Etwas, woran man sich festhalten kann, wenn's drauf ankommt – wenn du weißt, was ich meine. Shawn ist okay, nehme ich an. Er ist halt nur einer von den mageren Typen, die etwas mehr an ihrem Körper arbeiten müssten."

Dave starrte ihn düster an. „Nicht jeder will so aussehen wir ein mit Walnüssen vollgestopftes Kondom."

Jake grinste und spannte seine Bizeps an. „Aber du magst Muskeln. Ich erwische dich manchmal, wie du hinschaust. Wenn ich's mir recht überlege, dann erwische ich dich sogar *oft* dabei. Du schaust dir gerne richtig männliche Kerle an." Er lachte leise. „Deshalb läuft auch nichts zwischen dir und Shawn, und er ist nur dein Kumpel. Weil er nicht dein Typ ist."

Beinahe hätte Dave Jake angefaucht: *Wie kommst du eigentlich darauf, du wüsstest, was mein Typ ist?* Was für ein arroganter Arsch. Dave gefiel, wie Shawn aussah. Okay, er war nicht der muskulöse Typ, aber er sah gut aus. Klein, schlank, dunkelbraunes Haar und tiefbraune Augen, strahlend und voller Leben. Ja, er hatte eine schlanke Taille und schmale Hüften, na und? Er war unbestreitbar ganz Mann, das wusste Dave mit absoluter Sicherheit. Er hatte selbst schon gesehen, was unter Shawns T-Shirt und Jeans steckte. Das Duschen nach dem Training war die reinste Hölle: Dave gab sich immer Mühe, Shawn nicht anzustarren, weil der das bestimmt schräg finden würde, aber *verdammt* – er hatte einen tollen Körper …

Bei dem Gedanken musste er lächeln. *Ja, definitiv bi.*

Er lächelte Jake an. „Du hast natürlich recht. Da läuft nichts zwischen mir und Shawn."

Noch nicht.

Vielleicht war es Zeit, etwas daran zu ändern. Vorausgesetzt, Dave fand den Mut dazu.

* * * * * *

Worauf wartest du?

Dave saß in seinem Auto und starrte auf die blau gestrichene Tür, die zu Shawns Wohnung führte. *Das wird langsam zur Angewohnheit.* Er war früher da als beabsichtigt, aber das lag daran, dass er einfach nicht länger hatte zu Hause sitzen können. Er hatte sich die Dinge eine Woche lang durch den Kopf gehen lassen und war zu einem Entschluss gekommen. Gewissermaßen.

Ich werde Shawn sagen, was ich empfinde.

Allerdings war das gar nicht so einfach. Shawns blaue Tür war genau da, aber Dave hatte immer noch nicht den Mut gefunden, aus dem verdammten Auto zu steigen. Sie hatten sich zum Mittagessen und anschließendem Bowling verabredet – etwas, das sie seit Urzeiten nicht mehr gemacht hatten – aber jetzt kamen Dave Zweifel. Er wusste, er musste sich entschuldigen, aber die Liste der Gründe schien immer länger zu werden. Er hatte den dringenden Verdacht, dass er am letzten Wochenende bei Shawn mächtig ins Fettnäpfchen getreten war. Zwar hatte Shawn gesagt, dass es ihm nichts ausgemacht hatte, nicht trainieren zu gehen, aber dann war er die ganze letzte Woche über uncharakteristisch still gewesen.

Jetzt muss ich mich also für Samstag entschuldigen, weil ich einfach abgehauen bin, und für Sonntag, weil ich ein Arschloch war. Gut gemacht, Dave. Vielleicht schaffst du es, dieses Wochenende auch noch zu versauen und einen Hattrick daraus zu machen.

Und dann war da noch die Frage des Timings. Wann war der richtige Zeitpunkt, Shawn zu sagen, was mit ihm los war?

Er wusste, warum sein Herz so raste. Weil ihm Shawn wirklich, *wirklich* etwas bedeutete. Und weil das zu vermasseln das letzte war, was er wollte. Denn wenn es auch nur die geringste Chance gab, dass er und Shawn zusammen ein wenig Glück finden konnten …

Es reichte. *Komm schon, Mann, reiß dich zusammen.*

Dave raffte allen Mut zusammen, den er besaß, und stieg aus dem Auto.

* * * * * *

Shawn holte die letzte Ladung Wäsche aus dem Trockner und warf sie auf den Haufen in den Wäschekorb. Dave musste jetzt jede Minute hier sein, und er hatte gehofft, bis dahin mit allem fertig zu sein, inklusive Staubwischen. Er war ein bisschen verwirrt über den Teil mit dem Bowling. *Bowling? An einem Samstagnachmittag?* Es war Daves Idee gewesen, und er hatte es nicht übers Herz gebracht, nein zu sagen. Aber als er darüber nachdachte, wurde ihm klar, dass eine Bowlingbahn nicht gerade der ideale Platz für eine ernste Unterhaltung war und Dave es vielleicht deshalb überhaupt nur vorgeschlagen hatte.

Als es an der Tür klingelte, hätte Shawn schwören können, dass sich sein Herzschlag ein wenig beschleunigte. Er trat sich im Geiste selbst in den Hintern dafür, so ein Weichei zu sein, während er hinging, um Dave hereinzulassen. „Hey. Geh schon mal ins Wohnzimmer. Ich bin gleich fertig mit der Wäsche." Er gab Dave keine Gelegenheit zu antworten, sondern flitzte sofort zurück und suchte Zuflucht in der Küche.

„Bist du sicher, dass du Lust auf Bowling hast?", rief Dave aus dem Wohnzimmer. „Ich meine, falls du Sachen zu erledigen hast …"

Shawn hielt beim Zusammenlegen des T-Shirts inne. Es wäre einfach, Dave zu bitten, den Ausflug zu vergessen … allerdings würde es das Unvermeidliche nur vertagen. „Nö, alles gut. Ich räume nur eben meine saubere Wäsche ein, dann können wir los."

„Tut mir leid."

Shawn zuckte zusammen und wirbelte herum, um Dave, der im Türrahmen stand, finster anzublicken. „Jesus, kannst du ein paar Geräusche machen, bevor du dich so von hinten anschleichst? Ich hätte fast einen Herzinfarkt gekriegt." Er wandte sich wieder seiner Wäsche zu. „Und was ist es, das dir leid tut?" Seine Herz pochte.

„Dass ich letzte Woche hier so rausgestürmt bin. Ich … ich hätte bleiben sollen, bis du das Telefonat mit deiner Mutter beendet hattest."

Shawn zwang sich zu einem leichten Lächeln. „Hey, du hattest Sachen zu erledigen. Das war okay."

Dave schüttelte den Kopf. „Nein, war es nicht. Und es tut mir leid, falls ich dich mit dem, was ich sagte, schockiert habe. Ich hätte damit nicht so herausplatzen sollen. Das war bestimmt peinlich."

Shawn hörte mit dem Falten auf und sah Dave an. „Vielleicht sollte ich an dieser Stelle etwas sagen. Es spielt für mich keine Rolle, ob du bisexuell bist." Er zuckte innerlich zusammen, als Dave erstarrte. „Warte. Das kam irgendwie falsch heraus. Es macht für mich keinen Unterschied, dass du bisexuell bist." So viel stimmte jedenfalls. Daves sexuelle Ausrichtung änderte nichts an der Tatsache, dass Shawn auf ihn scharf war.

„Wirklich?" Dave runzelte noch immer die Stirn. Als hätte Shawns Erklärung in kein bisschen erleichtert.

„Wirklich. Wenn überhaupt, dann bin ich froh, wenn es bedeutet, dass du glücklicher bist als vorher." Shawns Gefühle waren gefährlich nah an der Oberfläche. Noch einen Moment, und er würde Dave sagen, was er wirklich empfand. Bei der Vorstellung, diese Information mit ihm zu teilen, wurde ihm eiskalt, und seine Haut kribbelte. Plötzlich musste er unbedingt hier raus. „Ich komme gleich wieder." Er eilte ins Badezimmer, und sobald er drin war, schloss er hinter sich ab und lehnte sich an die Tür. Sein Puls raste.

Scheiße, ich muss mich echt zusammenreißen.

Er ließ warmes Wasser über seine Hände laufen, während er sich im Spiegel betrachtete. *Was wäre das Schlimmste, das passieren könnte, wenn ich ihn bäte, mit mir auszugehen? Würde er mich auslachen? Mir sagen, ich solle nicht albern sein?*

Nein. Das Schlimmste wäre, wenn es ihre Freundschaft unwiderruflich verändern würde. Wenn Dave sich in Zukunft jedes Mal, wenn er ihn ansah, an den schrecklichen Moment erinnern würde, in dem Shawn so verrückt war zu glauben, Dave könnte auf diese Weise an ihm interessierte sein, nur weil er mit seiner sexuellen Ausrichtung ins Reine gekommen war.

Shawn glaubte nicht, dass er das ertragen könnten. Es war besser, nichts zu sagen.

Aber es gab auch eine andere Überlegung. *Was, wenn er ja sagt? Was, wenn daraus tatsächlich mehr wird als ein Essen und Kino? Was, wenn er herausfindet …*

Ja. Nein. Es für sich zu behalten war das Beste. Alles war besser, als *diesen Ausdruck* auf Daves Gesicht zu sehen, von dem Shawn wusste, dass er sich zeigen würde, sobald Dave die Wahrheit erfuhr.

Shawn trocknete sich die Hände ab und verließ das Bad. „Also, gib mir fünf Minuten, dann können wir–"

Er sprach zu einer leeren Küche.

„Dave?"

„In deinem Schlafzimmer", rief Dave. „Ich dachte, ich beschleunige die Sache ein bisschen, indem ich schon mal deine Wäsche wegsortiere."

Verdammt, das war lieb von ihm.

„Kommen deine Unterhosen in die oberste Schublade?", rief Dave aus dem Schlafzimmer.

Shawn erstarrte. *Oh, Scheiße, nein!* „Warte, geh nicht an die–" Er riss die Schlafzimmertür auf und stöhnte innerlich bei dem Anblick, der sich ihm bot.

Dave stand vor der Kommode und hielt ein

weißes Spitzenhöschen in die Höhe. Langsam drehte er sich zu Shawn und hob die Brauen.

„Und wem gehört das hier?" Dave grinste. „Gibt es vielleicht irgendwas, das du mir sagen möchtest?"

Mist. Shawn bekam einen Kloß im Hals.

Dave betrachtete die Spitzenunterwäsche mit großem Interesse. „Hmm, wirklich hübsch. Ich nehme also an, ich bin nicht der Einzige, der etwas zu gestehen hat. Lass mich raten. Du bist nicht schwul, sondern bi, und du hast eine Freundin, die du irgendwie geschafft hast, geheim zu halten." Er nickte zu der Schublade. „Da ist eine ganze Menge hübscher Unterwäsche drin." Er legte den Kopf schief. „Habe ich richtig geraten?"

Er ... er denkt, die gehören einer Frau? Er denkt, ich wäre bi?

Shawn wusste, er musste etwas sagen.

„Du bist nicht einmal in die Nähe der Wahrheit gekommen. Nein, ich bin nicht bi. Ich bin immer noch schwul. Nein, es gibt keine heimliche Freundin, und ..." Er holte tief Luft. „Die Höschen gehören mir."

Dave starrte ihn an. Er ... starrte einfach.

Komm schon, Dave. Sag etwas. Shawns Herz hämmerte und seine Handflächen wurden klamm. Niemand – keine einzige, lebende Seele – wusste etwas davon. Und was es noch schlimmer machte: Es war *Dave*, um Himmels Willen. Shawn würde das niemandem in seiner Familie erzählen, weil – Teufel auch, manche Dinge erzählte man einfach nicht, richtig? Aber Dave?

Jetzt war es jedenfalls zu spät. Die Katze war aus dem Sack.

Oder sollte ich sagen: Die Höschen sind aus der Schublade?

Er brauchte eine Sekunde oder zwei, bis ihm auffiel, dass Dave sich geräuspert hatte.

„Also lass mich das klarstellen. *Du* trägst ... Höschen." Auf Daves Gesicht spiegelte sich noch immer der Schock.

Das war schlimmer, als Shawn sich hatte vorstellen können. Er hatte das Gefühl, als würden seine Eier schrumpeln und sich in seinen Körper zurückziehen. *Was hätte ich sonst sagen sollen, nachdem er die verdammte Schublade aufgemacht hatte?*

Er holte tief Luft. „Ja", hauchte er.

Daves Gesicht war zu einer Grimasse verzogen. „Warum?"

Shawn fand etwas Trost darin, dass Dave noch

nicht das Weite gesucht hatte. Immerhin schien er es wirklich wissen zu wollen.

Scheiße. Wie zum Henker soll ich das in Worte fassen?

„Weil ich mich, wenn ich sie anhabe … anders fühle."

„Wie, anders?", hakte Dave nach.

„Schön. Sexy." Shawn hatte Schwierigkeiten, sich richtig auszudrücken. „Ich meine, was ist daran falsch, etwas Seidiges und Weiches anzuhaben? Warum sollte es nur Frauen erlaubt sein, hübsche und sinnliche Sachen unter ihrer Kleidung zu tragen? Und das ist auch ein großer Teil davon: zu wissen, dass es da ist, aber niemand sonst sieht es. Es fühlt sich verboten und verrucht an, ganz zu schweigen davon, dass ich mir höllisch sexy darin vorkomme." Sein Herz fühlte sich nicht länger an, als wollte es aus seiner Brust springen, Gott sei Dank. *Er ist immer noch hier. Er sieht mich nicht an, als wäre ich durchgeknallt.* Bei genauer Betrachtung wurde Shawn von der Art, wie Dave ihn ansah, heiß am ganzen Körper. Es begann in seinem Gesicht und breitete sich südwärts aus.

Daves Blick fiel von Shawns Gesicht wieder auf das Höschen mit dem Spitzeneinsatz vorn in seiner Hand. „Sexy?"

Trotz der Peinlichkeit konnte Shawn nicht widerstehen. „Ja. Ich finde es geil."

Dave warf einen Blick nach unten, nur ganz kurz, aber Shawn bekam es mit. *Heilige Scheiße, hat er mir gerade auf den Schritt geguckt?*

Dave leckte sich die Lippen. „Also … dann fühlst du dich gut, wenn du sowas für einen Kerl anziehst?"

Shawn blinzelte. „Ich … ich hab' das noch nie für jemand anderen angezogen. Ich kaufe mir Reizwäsche, weil ich mich selbst darin besser fühle."

„Und wenn jemand dich darin sehen *wollen* würde?"

Atmen war plötzlich schwierig. *Das hat er jetzt nicht gefragt!*

„Jemand?" Und sein Herz hämmerte wieder, als Dave auf ihn zu kam, mit langsamen, entschlossenen Schritten, das Höschen noch immer in der Hand. *Was? Was zum …*

Dave blieb vor ihm stehen. „Ich zum Beispiel." Und bevor Shawn Zeit hatte zu reagieren, beugte Dave sich vor und–

Shawn konnte den leisen Aufschrei der Überraschung nicht zurückhalten, als sich Daves Lippen mit seinen zu einem zärtlichen Kuss trafen. Aber dann überwand er den Schock und verlor sich in dem Gefühl von Daves Mund auf seinem, Daves Hand an seinem Hinterkopf, zögernd, so als hätte er die Befürchtung, Shawn zu berühren würde ihn irgendwie in tausend Stücke zerspringen lassen.

Shawn musste das sofort richtigstellen.

„Hör nicht auf", murmelte er in den Kuss. Daves leises Seufzen verriet ihm, dass er das Richtige gesagt hatte, und der Kuss wurde mutiger, weniger keusch, erhitzter, als Shawn für ihn den Mund öffnete. Aber dann löste Dave sich von ihm. Shawn erstarrte und betrachtete ihn schwer atmend. „War das zu schnell?"

Dave lächelte. „Tut mir leid. Mir wurde nur gerade schlagartig etwas klar, das ist alles."

Plötzlich verstand Shawn. „Dir wurde gerade klar, dass du einen Mann küsst?"

Dave nickte. „Hat mich für eine Minute umgehauen irgendwie."

Shawn konnte sich ein Grinsen nicht verkneifen. „Dann solltest du es vielleicht noch einmal tun."

„Zum Üben?" David seufzte. „Ich bin voll dafür." Und dann waren seine Lippen wieder auf Shawns. Er hielt Shawns Gesicht mit beiden Händen, und Shawn fühlte die Seide des Höschens, das Dave noch immer in der Hand hatte, an seiner Wange.

Dave küsst mich. Es gibt *einen Gott.* Shawn schlang die Arme um Daves Taille und hielt ihn fest, gefangen in seiner eigenen Welt, in der der Mann, den er schon so lange liebte, endlich, *endlich* seine Träume wahr machte.

Na ja, einen seiner Träume. Dave war interessiert. Dave war zum Henker *interessiert.*

Dann tat sein Herz einen Hüpfer, als Dave seinen Hals küsste, hinauf zu seinem Ohr, bis die Lippen sein Ohrläppchen streiften. „Dann macht es dir nichts aus?"

„Ausmachen?"

Ein kitzelnder Kuss auf sein Ohr. „Dass ich dich küsse?"

Shawn wollte lachen. „Du machst Witze, oder? Ich liebe es." Der Gedanke war einfach da: *Ich wollte dich schon so lange küssen.* Passierte das gerade wirklich?

„Gott sei Dank." Dave küsste wieder seinen Hals, und ein Schauer lief Shawns Rücken hinab. Er neigte den Kopf, um Dave mehr Platz zu machen, und Dave verstand die Botschaft. Er verteilte zärtliche Küsse an Shawns Hals hinab, dann aber änderte er die Richtung und seine Mund wanderte erneut nordwärts. Dieses Mal jedoch saugte er an der Haut, und Shawn stöhnte. „Gefällt dir das?"

„Scheiße, ja." Shawn konnte es kaum fassen. Dave küsste ihn wirklich. Er schauderte wohlig, als er erneut Dave Lippen an seinem Ohr spürte.

„Also, was denkst du? Zeigst du es mir?", fragte Dave flüsternd.

Moment ... was?

„Dir z–zeigen?" Shawn musste sich verhört haben. Denn Dave konnte *unmöglich* meinen, was Shawn dachte, dass er meinte. Er *konnte* nicht gemeint haben, dass er Shawn in–

„Ja." Ein weiterer, zärtlicher Kuss an Shawns Ohr. „Ich will dich in diesem Höschen sehen."

Sein Herz schlug so schnell, Shawn schwor, es würde gleich explodieren. Beim dem Kuss wäre ihm schon fast das Herz stehengeblieben, aber jetzt?

„Hast du jetzt gerade so ein Höschen drunter?"

Heilige Scheiße. „Nein."

„Ziehst es für mich an?"

Aber das würde bedeuten ... *Oh Gott.* Shawns Herzschlag raste noch mehr.

„Shawn. Bitte lass mich dich sehen. Bitte." Da war ein drängender Tonfall in Daves Stimme, den Shawn nicht ignorieren konnte.

Er wollte fragen, warum. Die Frage war da, *genau hier und jetzt, verdammt*, aber er brachte die Worte nicht heraus. Denn tief in seinem Inneren törnte der Gedanke ihn an, sich Dave so zu zeigen. Und von dem Gedanken an das, was vielleicht danach passieren würde, bekam er einen Ständer.

Shawn öffnete den Mund, um etwas zu sagen, *irgendwas*, aber alles, was herauskam, war ein quiekendes: „Okay." Er konnte es selbst nicht fassen.

David erstarrte. „Wirklich?" Er neigte den Kopf zurück, und seine Pupillen weiteten sich. „Verdammt."

Shawn trat einen Schritt zurück. Seine Finger zitterten, als er nach dem Knopf seiner Jeans griff. „Setz dich aufs Bett." Er konnte das nicht, wenn Dave so dicht vor ihm stand.

Dave zögerte nicht. Er setzte sich hin und stützte sich rückwärts auf seine Arme. Sein Blick hing gebannt an Shawns Taille. Das Höschen lag neben ihm auf dem Bett.

Okay, das war neu. Shawn stand da mit

hämmerndem Herzen. Sein Atem ging schnell. *Stell dir vor, es wäre ein Striptease. Es ist nicht das erste Mal, dass du für einen Kerl die Hüllen fallen lässt.*

Für einen Kerl zu strippen, mit dem er gleich ficken würde, war eine Sache. Für Dave zu strippen, einfach, weil er darum gebeten hatte, ihn zu sehen, war etwas ganz anderes. Shawn hatte keine Ahnung, wohin das führen würde.

Er bewegte sich so lässig, wie er konnte, als er sein T-Shirt auszog. Auf keinen Fall würde er seine hübsche Unterwäsche anziehen, während er oben herum ein *Hello Kitty*-Shirt trug. Er öffnete seine Jeans und schob sie an den Hüften herunter. Eine blaue Unterhose kam zum Vorschein, die sich eng um seinen Körper spannte. Natürlich mochte das etwas damit zu tun haben, dass sein Schwanz von innen gegen die weiche Baumwolle drückte. Shawn ignorierte seine Erektion und versuchte erfolglos, aus seiner Jeans zu steigen. Er brauchte einen Moment, bis ihm klar wurde, dass er zuerst seine Schuhe ausziehen musste.

Dave, der Mistkerl, bemerkte es. Er schmunzelte. „Ich würde an deiner Stelle meinen Tagesjob nicht aufgeben. Als Stripper wirst du wohl nicht sehr erfolgreich sein."

Shawn achtete nicht auf ihn, während er erst seine Schuhe, dann seine Jeans auszog. Es verschaffte ihm eine gewisse Genugtuung, Daves leise gemurmeltes „Verdammt" zu hören, als er aus seiner Unterhose schlüpfte und sich dabei viel Zeit ließ – er hielt einen Moment inne, als das Taillenband tief genug war, dass sein Schamhaar und der Anfang seines Schwanzes zu sehen war. Als Shawns Ständer schließlich frei war und hochschnellte, entwich Dave ein weiterer, verhaltener Laut.

Gott, dieser Laut gab Shawn ein Gefühl von Macht.

Er machte einen Schritt auf das Bett zu und streckte die Hand aus. Dave starrte sie an und runzelte die Stirn. Shawn lächelte. „Das Höschen, bitte."

David blinzelte, dann griff er nach dem Spitzenhöschen. Er hielt es Shawn hin. „Hier."

Shawn nahm es, trat zurück und beugte sich vor, um hineinzusteigen. Langsam und bedächtig zog er es hoch und über seinen dicken Schaft, den die Spitze kaum bedecken konnte. Er konnte sich nicht helfen. Seidige, sexy Reizwäsche anzuziehen, verschaffte ihm immer einen Steifen. Aber mit David, der ihm dabei zusah?

Schärfer. Als. Sonst was.

„Heilige Scheiße."

Shawn hob den Kopf. Daves Blick hing wie gebannt an ihm, die Augen geweitet. Shawn sah nach unten, wo sein harter Schwanz sich gegen das Vorderteil aus weißer Spitze presste.

„Scheiße, echt, Shawn."

Shawn erinnerte sich daran zu atmen. „Gefällt es dir?" *Ich stehe nackt vor Dave, in nichts als einem*

Spitzenhöschen. Das hatte er absolut nicht kommen gesehen.

„Ob es mir *gefällt?*" Dave winkte ihn mit dem gekrümmten Finger zu sich. „Komm her."

Shawn trat auf ihn zu. Sein Herz klopfte laut. Als er nah genug war, um Daves Körperwärme zu spüren, sah Dave mit einem Lächeln zu ihm auf, das sein Herz schneller schlagen ließ. Und dann beugte er sich vor und schloss seine Lippen um den Kopf von Shawns Schwanz, der oben aus der Spitze lugte.

Heilige Scheiße, in der Tat.

Dann vergaß Shawn das Atmen ganz und gar, während Dave seinen Mund über dem Spitzenstoff an Shawns Schaft entlanggleiten ließ.

Sein Beine zitterten, und er hatte Mühe, aufrecht stehenzubleiben, als Dave eine Hand an Shawns Arsch legte, die Fingerspitzen unter das seidige Material schob und eine Arschbacke drückte. Daves Mund an seinem Schwanz war heiß, die Zunge glitt über die Eichel, und Lust durchfuhr ihn wie eine Schockwelle. Shawn starrte auf Dave hinunter, der mit zärtlichen Fingern seinen Schwanz streichelte, während er gleichzeitig an der Eichel lutschte. „Gott, sieh dich nur an."

Dave hielt in seinem sinnlichen Unterfangen inne und sah zu ihm auf. „Kann ich ihn herausholen?"

Ein mehrmaliges Nicken war das Beste, was Shawn zustande brachte.

Dave griff in das seidige Höschen und zog

Shawns Ständer heraus. Er schob den Stoff unter Shawns Eier, was sie nach oben drückte. Er schenkte Shawn einen glühenden Blick. „Scheiße. Du bist wirklich hart."

Shawn stieß ein gebrochenes Lachen hervor. „Und das überrascht dich?" Ihm wurde heiß am ganzen Körper, als er den Hunger in Daves Augen sah. „Mach schon", drängte er. „Nimm ihn in den Mund." Er konnte das Verlangen, das in einer langsamen, pulsierenden Flut in ihm aufstieg, kaum im Zaum halten.

Dave starrte den dicken Schaft an, an dessen Schlitz sich bereits eine Perle Vorsperma bildete. Sein Blick zuckte aufwärts und begegnete Shawns. „Weißt du, ich frage mich, wie das wohl schmeckt." Bevor Shawn auch nur ein Wort sagen konnte, schleckte Dave die klare Flüssigkeit auf und leckte sich die Lippen. Dann nahm er zunächst zögerlich Shawns Schwanz zwischen die Lippen und saugte an der Eichel, bevor er ihn tiefer in den Mund saugte.

Shawns Herz pochte. Das Blut rauschte in seinen Ohren, und sein Bauch bebte. Zärtlich legte er eine Hand auf Daves Haar. Dave neigte den Kopf aufwärts, mit Shawns Schwanz zwischen seinen Lippen, und seine Augen waren dunkel und sexy.

„Du siehst gut aus dabei", murmelte Shawn.

Dave ließ seinen Schwanz aus dem Mund gleiten und lächelte. „Nicht schlecht für mein erstes Mal, oder?"

Shawn schüttelte den Kopf. „Als wärst du dazu

geboren, Schwänze zu lutschen." Er verkniff sich die Worte, die so verzweifelt heraus wollten. *Mein Schwanz, Dave. Niemandes sonst.* Bei der Vorstellung eines anderen Mannes Schwanz in Daves Mund gefror Shawn das Blut in den Adern, und sein Magen drehte sich um. Er starrte auf Dave hinunter und hoffte, er würde sein stummes Bitten hören. *Du gehörst mir.*

Dann begann Dave, den Kopf auf und ab zu bewegen, während er saugte und leckte. Shawn hielt seinen Kopf und bewegte vorsichtig und langsam die Hüften.

Nur, dass es nicht sehr lange dabei blieb. Schon bald machte Dave schneller, seine Finger gruben sich in Shawns Arschbacken, und Shawns Schwanz tropfte. Der Anblick von Dave, dessen Mund auf Shawns Ständer, sein Schaft, der feucht glänzend zwischen Daves vollen Lippen hin und her glitt, das Gefühl von Daves Händen auf Shawns Hintern …

Shawn besaß gerade noch genug Geistesgegenwart, um keuchend eine Warnung auszustoßen, bevor er kam, aber Dave zog sich nicht zurück und ließ nicht nach. Wenn überhaupt, dann saugte er noch heftiger, und Shawn musste sich auf Daves Schultern abstützen, um nicht vornüber zu fallen, so sehr zitterten seine Beine von dem Wahnsinns-Orgasmus.

Als es schließlich vorüber war, zog Shawn seinen halbschlaffen Penis aus Daves Mund und beugte sich vor, um ihn zu küssen. Der Gedanke, dass er sich selbst auf Daves Zunge schmecken konnte, auf Daves Lippen, erfüllte ihn mit dunkler Lust und ließ ihn erschauern.

Dave sprang auf die Füße, und im nächsten Moment fand Shawn sich in Daves Armen, und Dave küsste ihn erneut drängend und leidenschaftlich. Shawn gab sich dem Kuss hin, zerschmolz beinahe, ergab sich den Wogen der Lust, die ihn immer und immer wieder überrollten und in eine endlose Dünung fallen ließen.

„Das war – wow." Dave schüttelte den Kopf. „Keine Ahnung, was über mich gekommen ist."

Shawn erstarrte unwillkürlich. Das war nicht gerade das, was er hören wollte angesichts dessen, was sie in den letzten paar Minuten getan hatten. Er war selbst schockiert darüber, dass er es ohne Kommentar stehen ließ.

Lass es gut sein, okay? Shawn musste davon ausgehen, dass es für Dave das erste Mal gewesen war, dass er irgendetwas mit einem anderen Mann gemacht hatte. Und das war keine Kleinigkeit. *Lass es ihn erstmal verarbeiten. Er ist in der kurzen Zeit schon höllisch weit gegangen.* Aber er musste zugeben, dass jetzt zum Bowling zu gehen weit weniger verlockend war als die Option, hier zu bleiben und vielleicht ein wenig herumzumachen.

Shawn hielt unwillkürlich den Atem an, während er darauf wartete, für welche Option Dave sich entscheiden würde.

Dave ließ ihn los und grinste. „Zeit, mit dir den Boden aufzuwischen. Mein alter Bowling-Arm fühlt sich heute ziemlich fit." Er gab Shawn einen kleines Küsschen auf die Wange. „Ich warte im Wohnzimmer, während du dich anziehst." Und damit verließ er das Zimmer.

Shawn starrte seine Schlafzimmertür an und fühlte einen Kloß im Hals.

Tja. *Scheiße*.

* * * * * *

„Hey!"

Dave tauchte aus seinem Tagtraum auf und stellte fest, das Shawn ihn mit vor der Brust verschränkten Armen anstarrte.

„Du bis dran, Dave. Verdammt, du bist heute wirklich nicht bei der Sache, oder?"

Dave stand hastig auf und nahm seine Kugel. „Tut mir leid. Ich war gerade mit den Gedanken woanders."

„Hmm. Wo immer das ist, da warst du schon den ganzen Nachmittag. Wir haben kaum zwei Worte miteinander gesprochen, seit wir hier sind." Shawn warf einen Blick auf die Punktekarte.

Dave wusste, dass er sich wie ein Idiot verhielt, aber er wusste nicht, was er sonst tun sollte. Er hatte bei Shawn zuhause so getan, als wäre alles ganz normal, aber sobald sie im Bowlingcenter angekommen waren, hatte er sich in sich selbst zurückgezogen. Er konnte nichts dafür. Er hoffte, dass Shawn nicht wusste, was es mit seiner Schweigsamkeit auf sich hatte. Die Wahrheit war, dass Dave sich selbst nicht genug vertraute, um etwas zu sagen.

Was passiert war, war enorm.

Was ihn am meisten ärgerte, war, dass er sich so von seiner Lust hatte überwältigen lassen, und es war ihm wahnsinnig peinlich. *Gott, ich habe Shawn den Schwanz gelutscht, ohne ihm zu sagen, dass ich ihn wirklich, wirklich mag.* Er wusste allerdings, dass es viel mehr war, als nur mögen. Es kam ihm nur falsch vor, erst zu verkünden, dass er bi war, und schon eine Woche später seinem besten Freund zu gestehen, dass er mehr wollte als nur Freundschaft. So als hätte er Ersteres nur gestanden, um dann mit Letzterem herausrücken zu können.

Und natürlich war da auch noch die Sache mit den Höschen …

Dave konnte es nicht leugnen. Die Vorstellung von Shawn in einem Spitzenhöschen hatte ihn umgehauen. Er hatte diesen kleinen Fetzen Seide in der Hand gehalten, und sobald Shawn sein Geheimnis enthüllt hatte, war es um ihn geschehen gewesen. Er hatte Shawns Penis schon oft gesehen, aber ihn sich in Seide und Spitze gehüllt vorzustellen? Verdammt geil. Er hatte das einfach sehen *müssen*. Und dann hatte natürlich eins zum anderen geführt …

Und schließlich war da noch das ganze

Durcheinander in seinem Kopf, das er noch sortieren musste.

Seit ihm klar geworden war, dass seine sexuelle Ausrichtung nicht ganz so festgelegt war, wie er gedacht hatte, hatte Dave angefangen, Männer zu bemerken. Nicht, dass er sie zuvor nicht gesehen hätte – es war nur so, dass er sie nun durch eine Art *Hey-sie-sind-wirklich-attraktiv*-Brille sah. Bei der Vorstellung, dass er irgendwann eine Beziehung mit einem Mann haben könnte, überlief es ihn heiß und kalt.

Aber Dave wusste in seinem Herzen, dass er nicht einfach irgendeinen Mann wollte. Er wollte Shawn. Er hatte die muskulösen Kerle angeschaut, die hübschen Jungs, all die gutaussehenden Typen um ihn herum, und ja, er hatte sich gefragt, wie es sein würde, mit einem von ihnen Sex zu haben. Aber Shawn? Bei Shawn ging es um mehr als nur um Sex. Wenn auch nur einer dieser attraktiven Männer Dave angebaggert hätte, hätte er ihn abgewiesen. So wie er Jake abgewiesen hatte. Er hatte immer schon gewusst, dass ihm Sex in einer Beziehung wichtig war – Teufel, er und Caroline hatten in den drei Monaten, die sie zusammen waren, das Bett in Brand gesetzt – aber mit Shawn war es … anders. Er brauchte einen Moment, bis ihm klar wurde, warum.

Ich empfinde jetzt schon mehr für ihn als für irgendeinen anderen Menschen, den ich kenne. Und noch schockierender war es für Dave, dass er eine Beziehung wollte, die nicht allein auf Sex basierte.

Und dann bin ich hingegangen und hab' ihm einen geblasen.

Definitiv nicht die richtige Botschaft.

* * * * * *

Shawn hatte eine gewisse Ahnung, warum Dave so still und in sich gekehrt war. Eine Ahnung, die ihm nicht im Geringsten gefiel.

Ein einziger Blowjob hatte alles vermasselt.

Er hatte den ganzen Nachmittag damit verbracht, herauszufinden, an welcher Stelle alles den Bach heruntergegangen war, und er kam immer wieder zurück zu seiner *Scheiße, ich hab's versaut-*Theorie. Obwohl …

Nein, nein. Das passt nicht zusammen. Dave hat mich geküsst. Dave war definitiv interessiert. Dave hat den ersten Schritt gemacht. Dave wollte, dass ich das Höschen anziehe.

Nein, es passte nicht. Und die Frage, die Shawn quälte, wollte einfach nicht verstummen.

Was habe ich falsch gemacht?

Er konnte Dave nicht einfach fragen. Es war schon schlimm genug, dass Dave nicht redete. Ihn zu fragen, *warum* er nicht redete, würde womöglich alles nur noch schlimmer machen. Nein, für Shawn war es offensichtlich, dass es mit ihnen nicht funktionieren würde, so sehr er sich das auch wünschen mochte.

Er konnte nur hoffen, dass ihre Freundschaft

keinen irreparablen Schaden genommen hatte.

Aber ich will mehr sein als nur sein Freund, verdammt!

Shawn wollte für Dave *alles* sein.

Bist du zuhause?

Shawn starrte die Nachricht an und fühlte sich hin und her gerissen. Die ganze Woche hatte er keinen Ton von Dave gehört, und jetzt diese Nachricht, nachdem er sich nicht einmal gemeldet hatte, das war …

Moment. Wann hatte er je unter Woche von ihm gehört? Sie führten beide ein geschäftiges Leben, hatte anstrengende Jobs. Die Wochenenden waren die einzige Zeit, wann sie Gelegenheit fanden, den Stress hinter sich zu lassen und zusammen abzuhängen. *Warum sollte Dave mir mitten in der Woche eine Nachricht schreiben und fragen, ob ich zu Hause bin?*

Und darin lag das Problem. Dave brachte ihn ganz durcheinander.

Shawn wusste, was ihn störte. Sie hatten Intimitäten getauscht, und danach hatte Dave einfach so den Rückzug angetreten. *Er will das nicht. Ganz offenbar hat er eine Grenze überschritten, die ihm unangenehm ist, und hat sich deshalb wieder zurückgezogen.* Okay. Damit kam Shawn klar. Er war zwar nicht froh darüber, aber er war alt genug und stark genug, das zu schlucken und zu vergessen.

Er hoffte nur, dass es zwischen ihnen wieder so werden konnte, wie es vorher gewesen war. Das Letzte, was er wollte, war, dass Dave sich in seiner Gegenwart so unbehaglich fühlte, dass sie nicht länger Freunde sein konnten.

Das wäre eine Tragödie.

Shawn seufzte schwer und tat, was er in jedem Fall getan hätte. Er antwortete: *Ja. Willst du vorbeikommen?*

Schon auf dem Weg.

Kein Zögern, nicht einmal eine Sekunde lang. Dass Dave so schnell antwortete, erleichterte ihn ein wenig. Vielleicht war alles gar nicht schlimm, wie er gedacht hatte.

Shawn nahm seinen leeren Teller vom Couchtisch und trug ihn in die Küche. Er hatte vorgehabt, sich einen Film anzusehen, den er vor ein paar Tagen aufgezeichnet hatte, aber das konnte warten. Er musste zugeben, dass er gespannt war, wie Dave sich verhalten würde. Würde er Shawns kleinen … perversen Tick erwähnen? Das war der Teil, der Shawn in den letzten paar Tagen am meisten beunruhigt hatte. Von allen Menschen, die sein Geheimnis entdecken konnten – warum musste es ausgerechnet Dave sein?

Shawn zuckte erschreckt zusammen, als es an de Tür klingelte. *Was, schon?* Er ging durch seinen winzigen Flur und lugte durch den Türspion. Ja, es war Dave. Shawn setzte ein Lächeln auf und öffnete die Tür. „Wie hast du das gemacht? Mir erst die Nachricht geschickt, als du schon in der Straße warst?"

Dave sah ihn verlegen an. „Um ehrlich zu sein, ja. Ich hoffte, du wärst zu Hause." Er erstarrte. „Es *ist* doch okay, dass ich vorbeikomme?"

Shawn entschied auf der Stelle, dass ihm diese neue Zurückhaltung *nicht* gefiel. Das war so gar nicht Dave. „Natürlich. Sonst hätte ich etwas gesagt. Jetzt schaff schon deinen Arsch hier rein."

Dave lachte, und die Anspannung in seinen Schultern ließ sofort ein wenig nach. Er betrat die Wohnung mit einer Plastiktragetasche in der Hand. „Also, hast du heute Abend irgendetwas vor?"

„Ich wollte mir nur einen Film ansehen. Ich habe Wein und was zum Knabbern. Hast du Lust?" Shawn hatte nichts dagegen, wenn Dave ihm Gesellschaft leistete. Kein bisschen.

Dave sah ihn eindringlich an. „Das kommt darauf an. Über was für eine Sorte Film reden wir hier?"

Shawn lachte. „Wow. Man könnte meinen, ich hätte vorgeschlagen, dich an meinen Sessel zu fesseln und dich stundenlang langweiligen Dokumentarfilmen auszusetzen. Es ist nur ein James Bond. *Skyfall*. Hast du den schon gesehen?"

Dave lächelte breit. „Ja, aber ich würde ihn mir noch einmal anschauen. Hast du genug Wein für zwei?"

Shawn hob lediglich die Augenbrauen, um Dave wissen zu lassen, dass manche Fragen einfach nur überflüssig waren. „Geh schon mal durch ins Wohnzimmer. Ich bringe den Wein, Gläser und Knabberzeug." Er wartete, bis David weg war, dann atmete er geräuschvoll aus. Er wusste nicht, ob er enttäuscht oder erleichtert sein sollte, dass Dave sich so … normal benahm. Dann beschloss er, dass er damit gut leben konnte, besonders, wenn es bedeutete, dass alles wieder so werden würde wie vorher.

Shawn trug ein Tablett mit gekühltem Wein, zwei Gläsern und einer Schale Käsechips ins Wohnzimmer. Dave machte sich sofort darüber her, und Shawn musste lachen. „Hast du noch nichts gegessen?"

Dave starrte ihn mit vollen Backen an und sah aus wie ein verrückter Hamster. Er versuchte, etwas zu sagen, aber das endete nur damit, dass er Shawn, die Couch und den Teppich mit Krümeln besprühte.

„Ih! Mach erstmal deinen Mund leer." Shawn schüttelte den Kopf beim Anblick der durchweichten, gelben Krümel auf dem Teppich. „Man könnte meinen, du wärst noch nicht stubenrein." Er ging in die Küche, kehrte mit eine Rolle Küchentücher zurück und stopfte sie Dave in die Hand. „Hier, mach deinen Mist sauber."

Dave machte ein unglückliches Gesicht und kniete sich auf den Teppich, um zu tun, was Shawn ihm gesagt hatte. Shawn versuchte, nicht zu grinsen, aber ganz ehrlich … es war hinreißend, wie Dave vor sich hingrummelte.

„Entschuldige, ich hab' das nicht ganz mitbekommen. Sagtest du etwas?"

Dave hob den Kopf. „Ich sagte, dass das hier nicht gerade das ist, was ich mir für heute Abend vorgestellt hatte, als ich hergekommen bin." Er stand auf und trug die Rolle und die zusammengeknüllten Papiertücher in die Küche. Shawn sah ihm nach, und sein Puls ging etwas schneller. Plötzlich wollte er mehr wissen.

Er schraubte die Flasche auf und schenkte zwei Gläser ein.

„Wow. Kein Korken. Muss der gute Stoff sein." Dave stand schmunzelnd neben der Couch.

Shawn warf ihm einen schrägen Blick zu. „Jedenfalls besser als das Gesöff, dass du letzten Sommer zum Grillabend meiner Eltern mitgebracht hast. Erinnerst du dich noch an die Flasche Wein, die du aufgemacht hast? Und anstatt davon etwas einzuschenken, hast du die ganze Flasche mit einem Strohhalm ausgetrunken?"

Dave wand sich unbehaglich. „Ich kann mich nicht erinnern, was für ein Wein das war, aber ich erinnere mich noch sehr gut an den Kater am nächsten Morgen." Er setzte sich auf die Couch und nahm einen Schluck aus seinem Glas.

Shawn tat es ihm gleich und nahm sein eigenes Glas. Aus irgendeinem Grund war er nervös. „Bereit für den Film?" Alles, um peinliches Schweigen zu vermeiden.

„Kann ... kann ich zuerst etwas sagen?"

„Sicher." Shawns Herzschlag schaltete einen Gang höher, und er griff den schlanken Stiel seines Weinglases fester.

„Wegen letztem Samstag. Das war ... es tut

mir leid, wie ich da war." Dave mied Shawns Blick.

„Oh? Und wie warst du?" Es war eine so vage Äußerung.

„Ich hätte mich nicht so hinreißen lassen dürfen. Als hätte ich noch nie vorher Reizwäsche gesehen."

Shawn kicherte. Teils, um die Stimmung zu lockern, aber mehr noch, um seine eigene Nervosität zu maskieren. „Tja, nun, du bist wahrscheinlich eher daran gewöhnt, sie an deiner Freundin oder an Schaufensterpuppen zu sehen. Du weißt schon, die alle dieselbe Körbchengröße haben."

Dave grinste ihn unerwartet an. „Und welche Körbchengröße hast du?"

Shawn antwortete, ohne eine Miene zu verziehen: „Aufgerollte Sportsocke."

Dave brach in Gelächter aus. „Gott, *das* ist etwas, das ich gern sehen würde." Shawn lachte ebenfalls, aber sein Lachen erstarb, als Dave ihn intensiv anschaute. „Aber ich mache keine Witze. Ich wette, du würdest super aussehen in einem Mieder oder Body."

Heilige Scheiße, er meint das ernst.

Shawn wusste nicht, wie er darauf reagieren sollte. Aber dann griff Dave nach unten zu dem Plastikbeutel, den er mitgebracht hatte, und der Moment war vorbei. Er hob die Tasche auf und gab sie Shawn. „Hier, ich habe dir etwas mitgebracht."

Erst, als er die Tasche an sich genommen hatte, fiel Shawn auf, dass sowohl seine als auch

Daves Hände zitterten. Er zog eine schlichte, weiße Schachtel heraus und stellte sie auf seinen Schoß. Dann starrte er sie an.

„Nun, willst du's nicht aufmachen?", fragte Dave.

Shawn holte tief Luft und öffnete die Schachtel. Eine Lage Seidenpapier verbarg den Inhalt vor seinem Blick. Er hob das hübsche Papier mit den kleinen Rosenknospen an und sah …

Oh. *Wow.*

„Ich … ich weiß nicht, was ich sagen soll." Unter dem Seidenpapier lagen zwei Höschen. Shawn hob das oben liegende hoch und betrachtete das hauchdünne, schwarze Wäschestück. Es war durchsichtig, an der Vorderseite mit Blumen bestickt und auf der Rückseite schlicht schwarz. Shawn stellte sich vor, wie sein Schwanz in dem transparenten Stoff aussehen würde. Unwillkürlich wuchs ihm ein halber Ständer. Das zweite Höschen war genaugenommen ein Tanga. Die Vorderseite war weiß mit winzigen Pünktchen und kleinen Rüschen entlang der Beinausschnitte, aber die Rückseite … Vom Hüftbund aus verlief blumiger Spitzenstoff abwärts und verjüngte sich zu einem dünnen String.

„Und? Gefallen sie dir?"

Shawn riss sich aus seiner Bewunderung der hübschen Wäsche und starrte Dave an. „Sie sind wunderschön. Danke."

Dave lächelte ihn verlegen an. „Ich muss

sagen, dass ich ständig an dich denken musste, seit ich dich in diesem Höschen sah. Ich hatte ein bisschen Angst, dass sie vielleicht nicht passen würden. Ich musste deine Größe raten." Er runzelte die Stirn. „Ist das eigentlich schwierig? Ich meine, Sachen zu finden, wo dein ... deine privaten Körperregionen reinpassen?"

Shawn grinste. „Würdest du mir glauben, wenn ich dir sagte, dass es Internetshops gibt, die solche Wäsche extra für Männer verkaufen?"

Dave riss die Augen auf. „Ernsthaft?"

Er nickte. „Reizwäsche, die speziell für Männer entworfen und hergestellt wird. Was wunderbar ist, weil manche der Sachen, die ich in Geschäften sehe, verdammt unbequem sind."

„Werden die hier passen? Was denkst du?"

Shawn gefiel es, dass Daves Stimme diesen besorgten Unterton hatte, diesen Hauch Nervosität. „Ich bin sicher, sie werden prima passen." Dann erinnerte er sich daran, wie Dave ihn in der Woche zuvor angesehen hatte, wie er sich die Lippen geleckt hatte, als Shawn sich ihm gezeigt hatte, mit der Spitze über seine Erektion gespannt. Shawns Herz schlug heftig. „Warum probieren wir es nicht aus?"

David blinzelte. Und blinzelte noch einmal. „Aber ... du hast die Schachtel noch nicht ganz ausgepackt."

Moment ... was?

Shawn schaute in die Schachtel und nahm eine

weitere Lage Seidenpapier heraus. Darunter lag ein Strapsgürtel, passend zu dem schwarzen Höschen, und …

Heilige Mutter Gottes.

„Ich war nicht sicher, ob du auch Strümpfe trägst. Ich … ich habe nicht so genau in deine Schublade hineingeschaut."

Shawn legte wortlos die Höschen auf der Armlehne des Sofas ab, dann holte er die schwarzen Strümpfe aus der Schachtel. Sie hatten ein Schenkelband aus Spitze und fühlten sich zwischen seinen Fingern an wie reine Seide, weich, hauchdünn.

„Sie gefallen dir nicht." Dave Stimme klang tonlos.

Scheiße. Shawn seufzte tief. *Ich vermassele das hier gerade total.* Er wusste, was er wollte. Er wusste nur nicht, ob er den Mut dazu aufbringen würde.

„Doch. Ich trage Strümpfe. Ich gehe damit nirgendwo hin, aber ich trage manchmal welche in meinem Schlafzimmer. Und ich liebe diese hier. Sie sind wunderschön." Shawn legte sie in die Schachtel zurück und platzierte die Höschen oben darauf. Er reichte Dave seine Hand. „Also, warum gehen wir nicht in mein Schlafzimmer, wo ich dir zeigen kann, wie sehr mir dein Geschenk gefällt?" Sein Herz hämmerte, und sein Magen zog sich nervös zusammen, als er auf Daves Reaktion wartete.

Dave betrachtete die dargebotene Hand. Sein

Augen waren so dunkel, und er saß so verdammt still
da ...

Dann erhob er sich auf die Füße und ergriff
Shawns ausgestreckte Hand. „Ich glaube, das würde
mir sehr gefallen." Da war ein leichtes Beben in
seiner Stimme.

Scheiße. Oh, Scheiße, verdammte. Plötzlich
befand sich Shawn auf unvertrautem Gebiet. Denn
es fühlte sich so an, als wollte Dave das Gleiche wie
er.

Er führte Dave aus dem Wohnzimmer und in
sein Schlafzimmer. Als Shawn die weiße Schachtel
auf dem Bett abstellte, trat Dave näher. „Shawn? Da
wäre nur eine Sache ..."

Shawn drehte sich der Magen um. *Er hat es
sich anders überlegt. Er will doch nicht, dass–*

„Schalt dein Handy aus, oder stell das
verdammte Ding auf stumm." Daves Augen
funkelten amüsiert. „Ich glaube nämlich nicht, dass
wir im Moment von einem Anruf deiner Mutter
gestört werden wollen."

Shawn lachte. „Gut mitgedacht." Er holte sein
Handy aus der Hosentasche und schaltete die
Klingelfunktion aus. Sein Puls raste, als Dave ihm
das Handy aus der Hand nahm und es auf den
Nachttisch legte. Er kam dorthin zurück, wo Shawn
stand, nahm dessen Gesicht in beide Hände und
küsste ihn zärtlich.

Gott, wie Shawn diese Lippen vermisst hatte.

Er schlang seine Arme um Daves Hals und erwiderte den Kuss. Er öffnete seine Lippen, als Daves Zunge Einlass begehrte. Shawn verlor sich in dem Kuss. Er streichelte Daves Nacken und fuhr mit den Fingern durch Daves Haar. Als Daves Hand Shawns Brust berührten, wurden seine Nippel hart und zeichneten sich unter dem Baumwollstoff deutlich ab. Er erschauerte.

„Gott, du küsst so gut", murmelte Dave an seinen Lippen.

Shawns seufzte hingebungsvoll. „Na ja, schau dir nun an, womit ich hier arbeiten darf." Er konnte nicht genug bekommen von diesem Mund, den weichen, vollen Lippen, der eifrigen Zunge. Dann glitt Daves Hand abwärts, bis sie Shawns Jeans erreichte, und sein Herzschlag beschleunigte sich. Shawn hielt den Atem an, als Dave seine Handfläche gegen Shawns wachsende Erektion presste. Als er schließlich wieder Luft bekam, sagte Shawn leise: „Siehst du? Das passiert, wenn du mich küsst."

„Ich will dich in deinen Geschenken sehen." Ihre Blicke trafen sich. „Nackt, abgesehen von dem Höschen, den Strapsen und den Strümpfen."

Shawns Herz schlug so heftig, dass er sicher war, Dave müsste es hören können. „Okay." Das Wort war kaum ein Flüstern. Hier war er nun, siebenundzwanzig Jahre alt, und Daves Küsse hatten ihn in eine nervöse Jungfrau beim ersten Mal zurückverwandelt. Er war so angetörnt, dass er fürchtete, bei der leisesten Berührung zu kommen.

Er trat einen Schritt zurück und begann sich auszuziehen. Seine Hände zitterten, als er aus seinem T-Shirt schlüpfte. Etwas sagte Shawn, dass dies zu mehr führen würde als nur zu einem Blowjob. Und als würde Dave auf den unausgesprochenen Gedanken antworten, zog er ebenfalls sein T-Shirt über den Kopf und enthüllte die breite Brust, die Shawn so gut kannte.

Nicht anstarren. Starr ihn nicht an!

Aber er konnte nicht anders. Er wollte nichts lieber, als mit der Zunge eine Bahn zwischen Daves Nippeln zu ziehen, ihn in die Brustwarzen zu kneifen, bis Dave vor Lust stöhnte. Er wollte–

„Mehr Haut, Shawn."

Daves belustigte Bemerkung drang durch den Nebel des Verlangens, der Shawns Verstand einhüllte.

Shawn beschloss, dass Dave viel zu gelassen und selbstsicher war. Er grinste. „Ich glaube, ich brauche etwas Hilfe."

„Oh?" Dave hob die Augenbrauen. „Was macht dir Schwierigkeiten?"

„Meine Jeans. Ich könnte deine Hilfe gebrauchen, um da rauszukommen."

Daves sexy Lächeln machte etwas mit Shawns Innerem. *Weiß er, welche Wirkung er auf mich hat?* Dann verbiss sich Shawn ein Stöhnen, als Dave langsam den Knopf von Shawns Jeans aufmachte. *Ja, er weiß ganz genau, was er tut, der Mistkerl.*

Dass Dave ihm in die Augen sah, während er

langsam den Reißverschluss von Shawns Jeans herunterzog, war wahrscheinlich das Schärfste, was ihm seit Langem passiert war. Und der Umstand, dass sein Blick nicht nachließ, als er seine Hand hineinschob, um mit den Fingern die Spitze von Shawns Schwanz zu berühren, schaltete Shawns Verlangen von *Scheiße, ja!* in Sekunden auf *Oh, mein Gott, heilige Scheiße, ja!*

„Ja, ich kann sehen, warum du Schwierigkeiten mit deiner Jeans hast." Dave hatte sich noch nie so verrucht angehört. Dann ergriff er den Hosenbund mit beiden Händen und zog die Jeans mit einem kräftigen Ruck nach unten und über Shawns Hüften.

Shawn erstarrte für einen Moment, aber dann rangen die beiden mit der Kleidung des jeweils anderen zwischen heftigen Küssen. Sie stolperten gegeneinander, während sie sich aus ihren Jeans und Unterhosen wanden. Shawn hatte keinen Zweifel, was als Nächstes kommen würde, und sein Herz hämmerte, als Dave seinen herrlichen Körper enthüllte. Dieses Mal machte Shawn keinen Versuch, den Anblick von Daves Schwanz zu meiden, und es gefiel ihm, dass seine unverhohlenen Blicke nicht unbemerkt blieben. Dave erschauerte, aber er richtete sich auf, und sein Schwanz stand bereits auf Halbmast.

Shawn konnte nicht widerstehen. Er legte seine Finger um Daves Schaft und wurde belohnt, als Daves Schwanz wuchs und noch steifer wurde –

eine harte Säule, umgeben von warmer Haut, die Shawn verzweifelt in sich spüren wollte. Dave schloss die Augen, und sein Atem ging schneller.

„Fühlt es sich gut an, wenn ich dich anfasse?" Als hätte Shawn die Antwort darauf nicht fühlen können. Aber er wollte die Worte hören.

„Gott, ja", flüsterte Dave. Als Shawn ihn zärtlich von der Wurzel bis zur Spitze streichelte, erbebte Dave. „Es fühlt sich … anders an."

„Gut anders?"

Daves Augen öffneten sich, und er lächelte. *Oh, verdammt. Das Leuchten in seinen Augen …*

„Sehr gut anders." Dann nahm Dave Shawns Hand und hielt sie fest. „Aber jetzt will ich dich sehen." Er trat einen Schritt zurück und kletterte aufs Bett. Er rutschte ans Kopfende und machte es sich auf den Kissen bequem. Dann nahm er seinen Schwanz in die Hand und begann, ihn träge zu massieren. Er nickte mit dem Kinn in Richtung der weißen Schachtel.

Mit zitternden Fingern nahm Shawn das schwarze Höschen heraus und stieg vorsichtig hinein. Er zog es über seine Schenkel und Hüften nach oben, wo es kaum seinen erigierten Penis bedeckte.

„Scheiße, hast du auch nur eine Ahnung, wie sexy du darin aussiehst?" Daves Stimme klang heiser.

„Sag's mir." Shawn stand ganz still, die Füße ein Stück auseinander, die Hände an den Seiten.

Dann drehte er sich langsam um sich selbst, um sich Dave von allen Seiten zu zeigen.

„Oh, Gott. Ich kann durch den Stoff deine Arschritze sehen. Gott, es ist so durchsichtig."

Shawn vollendete seine Drehung. „Und jetzt?" Er fühlte sich wunderbar, lebendiger als jemals zuvor.

„Scheiße. Wie dein Schwanz darin aussieht."

Shawn musste nicht an sich herabschauen. Er konnte fühlen, wie sein Ständer das zarte Wäschestück dehnte. Er nahm den Strapsgürtel und legte ihn sich um die Taille. Dann setzte er sich aufs Bett und schlüpfte mit einer Hand in einen der transparenten Strümpfe.

„Ich will dir zusehen", sagte Dave.

Shawn dreht sich ein wenig, so dass er seitlich zu Dave saß, dann schob er behutsam einen Fuß in den empfindlichen Strumpf und rollte das Material an seinem Bein aufwärts, bis die Spitzenborte an seinem Oberschenkel saß.

Bevor er die Strapse daran befestigen konnte, hob Dave sich auf seine Knie. „Lass mich."

Shawn beugte sein Knie und hielt den Atem an, als Dave sein Bein streichelte, von unten nach oben, und seine Fingerspitzen über den seidigen Strumpf glitten, bis sie den Rand aus Spitze fanden. Dave machte die Verschlüsse zu und ließ sich zurück auf seine Fersen sinken. „Jetzt den anderen."

Sie wiederholten den Vorgang, bis sie fertig waren und Shawns Beine von einer transparenten

Lage schwarzer Seide umhüllt waren. Sein Puls raste, als Dave näher rückte, seine Hand um Shawns Nacken legte und ihn zu sich heranzog, um ihn zu küssen.

„Du siehst fantastisch aus", murmelte Dave an Shawns Lippen, dann küsste er ihn heiß und leidenschaftlich. Shawn schloss die Augen, als Dave ihn auf Hals küsste und dann tiefer auf die Brust. Daves Hände waren überall, auf seinem Nacken, an seinen Schultern, und streichelten seinen Bauch, als könnte er einfach nicht aufhören, Shawn anzufassen. Er stöhnte, als Daves Lippen erneut seine fanden und ihre Zungen sinnlich miteinander rangen.

Mit jemandem herumzumachen hatte sich noch nie so angefühlt. Als wären all seine Sinne geschärft. Shawn war sich jeder Berührung, jeder Liebkosung, jeden Lauts, der über Daves Lippen kam, übermäßig bewusst. Der Art, wie Dave roch – ein warmer, würziger Duft in seiner Nase.

Und diese Küsse. Es war, als könnte Dave nicht aufhören, als würde er unwiderstehlich von Shawns Lippen angezogen, unfähig, ihn auch nur länger als eine Sekunde *nicht* zu küssen.

Shawn war im Himmel. Für ihn war Küssen ein intimer Akt, den es auszukosten galt. Und einen Partner zu finden, der es ebenso genoss wie er selbst, törnte ihn umso mehr an.

Dann beendete Dave den Kuss, senkte den Kopf und leckte an Shawns Nippel.

Shawn erschauerte, warf den Kopf zurück in

die Kissen und bog seinen Körper durch, wie um nach mehr zu verlangen. Daves Hände waren überall auf ihm, streichelten ihn durch das hauchdünne Höschen und zeichneten die Konturen seines Ständers nach. Er liebkoste Shawns Oberschenkel oberhalb der Spitzenkante der Strümpfe, und die Muskeln in Shawns inneren Schenkeln zuckten.

„Ich will dich auch anfassen ... dafür sorgen, dass du dich gut fühlst", flüsterte Shawn. Er streichelte Daves Brust und spürte, wie sich auf der warmen Oberfläche Gänsehaut bildete. „Gefällt dir das?"

Daves einzige Antwort war ein langgezogenes Seufzen, als Shawn seine Hand nach unten wandern ließ und Daves Schwanz streichelte. Sein Atem wurde laut und schnell, und er drückte sein Gesicht an Shawns Brust. Sein Atem fühlte sich warm an.

„Ich werte das als ein Ja." Shawn drehte Dave um, sodass er auf dem Rücken lag. Daves Schwanz stand steil und steif in die Höhe, als er Shawn für einen weiteren Kuss zu sich herabzog.

So sehr Shawn das Küssen auch gefiel, er hatte anderes im Kopf. Daves Kopf, um genau zu sein. Und er wollte ihn ihm gründlich verdrehen.

Er löste sich aus dem Kuss und beugte sich herab, um Daves Nippel zu lecken, während er mit der Hand nach unten griff und sie um Daves schweren Schwanz legte. Dave gab ein leises Keuchen von sich, und auf seinem Gesicht stand ein erstaunter Ausdruck. So als hätte er nicht erwartet, dass es sich so gut anfühlen würde.

Shawn war mehr als glücklich über diese Reaktion. Er züngelte an der harten Brustwarze, dann zog er behutsam mit den Zähnen daran. Dave schloss die Augen und stöhnte. Er hob die Hüften und presste seinen Ständer gegen Shawns Handfläche. Shawn zog mit der Zunge eine Bahn von einem Nippel zum anderen, um diesem dieselbe Aufmerksamkeit zu kommen zu lassen. Dann bahnte er sich abwechseln leckend und küssend einen Weg über Daves Brustbein und die Bauchmuskeln, bis er Daves Schamhaar direkt vor sich hatte, nur Zentimeter von seinem Mund entfernt.

Shawn hielt inne und hob den Kopf, um Dave anzusehen. Daves dunkle Augen hingen an Shawns Gesicht, suchend, fragend, als wollte er sich vergewissern, dass das hier wirklich passierte. Shawn schenkte ihm ein warmes Lächeln, und dann hatte er seinen Mund endlich, *endlich* da, wo er ihn haben wollte.

Er nahm Daves Schwanz tief in den Mund, bearbeitete ihn mit seiner Zunge, leckte an dem steinharten Schaft auf und ab, saugte fest an der geschwollenen Eichel, und hielt dabei Daves Eier in der Hand.

„Gott!" Dave atmete heftig und hob die Hüften. Seine Augen waren nun geschlossen, und für einen kurzen Moment dachte Shawn, dass es so wahrscheinlich leichter für ihn war: wenn er nicht sah, wer ihm gerade einen blies. Aber im nächsten

Augenblick machte Dave diese Theorie zunichte, indem er die Augen öffnete, Shawn eindringlich anschaute und nickte. Shawn wertete das als Einverständnis und begann, den Kopf auf und ab zu bewegen. Er war beglückt, als er Daves Hand auf seinem Hinterkopf fühlte, die ihn an Ort und Stelle hielt, während er den herrlichen Schwanz lutschte und leckte und gleichzeitig mit dem Daumen Daves Eier massierte.

Als Shawn eine kurze Atempause machte, geriet Dave in Bewegung. Er drehte sie beide um, sodass Shawn auf dem Rücken lag und Dave auf ihm. Ihre Lippen fanden sich in einem Kuss nach dem anderen. Shawn schob eine Hand unter den dünnen Stoff des Höschens und wichste sich selbst, aber Dave unterbrach das Küssen und schüttelte den Kopf.

„Der gehört mir." Seine Stimme klang rauchig und ließ Shawn erschauern. Dave war auf Händen und Knien über ihm, den Blick auf Shawns Höschen gerichtet. „Kann … kann ich dich ficken?"

Shawn erbebte. Dave diese Worte in seinen heimlichen Fantasien sagen zu hören, war eine Sache. Aber sie wirklich zu hören, war unfassbar *geil*. Das Verlangen raubte ihm die Sprache, und er konnte nur nicken. Er schob seine Daumen unter den Elastikbund des Höschens, um es auszuziehen, aber Dave schüttelte erneut den Kopf. „Lass es an. Alles."

Oh, Gott. Es war, als wäre Dave in die tiefsten, dunkelsten Winkel von Shawns Verstand eingedrungen und hätte seine aufregendste Fantasie ans Licht gezerrt. Sein Atem beschleunigte sich, als Dave durch das Höschen hindurch seinen Ständer massierte und dann denn Stoff zur Seite zog, bis Shawns steinharter Schwanz befreit war und aus dem durchsichtigen, schwarzen Stoff herausguckte. Dave senkte den Kopf, um daran zu lecken, und Shawn gab ein leises, lustvolles Summen von sich. Offensichtlich ermutigt sog Dave die Eichel in seinen Mund und ließ seine Lippen am Schaft abwärts gleiten.

Es war die herrlichste Folter, und Shawn wollte mehr. „Bitte … bitte …"

Dave richtete sich auf. Seine Brust hob und senkte sich heftig. Dann legte er sich der Länge nach hinter Shawn, der auf seiner Seite lag. Dave drängte sich an ihn, und sein Schwanz fühlte sich heiß und schwer an Shawns Körper an. Dave streichelte Shawns oben liegenden Schenkel, wo die Spitze des Strumpfes endete. Die Muskeln dort zuckten, als Daves Hand zur Innenseite wanderte und seine Finger Shawns Hoden durch den Stoff des Höschens hindurch berührten.

„Wo hast du Gleitmittel?", flüsterte Dave in Shawns Ohr.

Shawn verschwendete keine Zeit. Er streckte seine Hand zum Nachttisch aus und riss die Schublade auf. Als seine Finger mit der Flasche in Kontakt kamen, griff er zu und warf sie beinahe quer übers Bett, wo sie zwischen seinen gespreizten

Schenkeln landete.

Dave kicherte. „Man könnte meinen, du kannst es gar nicht abwarten."

Shawn sah ihm in die Augen und sagte nichts, aber er hoffte zu Gott, dass sein Gesichtsausdruck das weißglühende Verlangen in ihm zeigte. Dave zupfte zur Antwort lediglich an dem Höschen und zog es zur einer Seite. „Heb dein Bein hoch und halt es fest", verlangte er.

Shawn tat, wie ihm geheißen, und hob das oben liegende Bein an seine Brust. Dann fühlte er Daves Finger langsam in ihn eindringen. „Oh, Scheiße."

Dave beugte sich über ihn, um ihn zu küssen. „Es ist nicht das erste Mal, dass ich jemanden in den Arsch ficke. Ich weiß, was zu tun ist, okay? Ich muss dich bereit machen." Er grinste. „Mein Schwanz ist nicht gerade klein." Er schob den Finger tiefer in Shawns Körper, und Shawn hieß den Eindringling mit einem Stöhnen willkommen. Dave bewegte den Finger einige Male hin und her, bevor er einen zweiten hinzufügte.

Shawn konnte nicht länger warten. „Ich will dich in mir haben." Er ließ den Blick nicht von Dave.

Die langen Finger hielten plötzlich still. „Scheiße", stieß Dave hervor. Er zog die Finger weg und wischte mit ihnen über seinen Ständer. Dann beugte er sich über Shawn, um ihm einen Kuss zu geben. Einen langen, leidenschaftlichen Kuss, von dem Shawn nicht genug bekommen konnte, bis er plötzlich die Spitze von Daves Schwanz spürte, die sich ohne Hast in ihn hineindrückte.

Oh, verflucht. Daves nackter Schwanz.

„Warte." Shawn erstarrte, und Dave reagierte sofort und hielt ganz still. Sein Schwanz war *genau da.*

„Was ist?"

Shawn schluckte. „Du trägst kein Kondom."

Ein gequälter Ausdruck breitete sich auf Daves Gesicht aus. „Muss ... muss ich eins tragen? Ich meine, ich hatte meine letzte arbeitsmedizinische Untersuchung vor zwei Wochen. Ich bin absolut clean, und ich war seitdem mit niemandem zusammen." Seine Augen wurden groß. „Außer, du hast–"

Shawn schüttelte vehement den Kopf. „Ist bei mir genauso. Ich lasse mich regelmäßig testen, und ich war mit niemandem zusammen seit ... na ja, seit Monaten."

Dave verdrehte die Augen. „Dann sag mir um Himmel willen, dass ich weitermachen kann, verdammt. Weil mein Schwanz nämlich so dringend in dich hineinwill, dass es wehtut."

Gott, das will ich auch.

Shawn studierte das Gesicht, das er so sehr liebte. Die dunklen Augen betrachteten ihn ernst. „Ich habe noch nie ...", begann er. Dann verstummte er. Es war *Dave*, verdammt. Der Mann, den er liebte, seit er sechzehn war. Der Mann, dem er mit seinem

Leben vertraute.

Während er mit einer Hand noch immer sein Bein festhielt, legte er die andere an Daves Wange und sah ihm in die Augen. „Fick mich", sagte er. Seine Stimme klang fester, als er es unter diesen Umständen für möglich gehalten hätte.

Daves Atem wurde schneller. Langsam, so wunderbar langsam, glitt er in Shawns enges Loch. Sein Mund stand offen, während er Shawn bis zum Anschlag füllte, und sein Gesicht drückte beinahe so etwas wie Ehrfurcht aus. Er schloss die Augen, aber Shawn konnte das nicht zulassen. Er wollte, dass Dave alles ganz bewusst erlebte. *Alles.*

„Sieh mich an", flüsterte er.

Dave öffnete die Augen, und ihre Blicke begegneten sich.

Shawn lächelte. „Du fühlst dich fantastisch an in mir. Jetzt beweg dich."

Offenbar war das alles, was Dave noch gebraucht hatte, um loszulegen. Er versank in Shawn, und sein Schwanz streifte das seidige Höschen, das er noch immer mit der Hand umklammert hielt. „Du siehst wahnsinnig sexy aus so", keuchte Dave. Seine Bewegungen nahmen Tempo auf. Er küsste Shawns Bein, dann streichelte er den schmalen Streifen Haut über dem Spitzenrand der Strümpfe.

Shawn hatte sich noch nie sexier gefühlt. Er presste sich an Dave und stöhnte leise, als Dave sich über ihn beugte und seine Nippel küsste, seine Brust.

Sein Ständer bewegte sich schlüpfrig in Shawns Körper und setzte ihn in Flammen. Er wusste, es würde ein kurzer Fick sein. Er war schon fast so weit.

Dave ging es offenbar genauso. Plötzlich stieß er härter zu, und Shawn legte seine Arme um Dave, zog ihn näher zu sich und küsste ihn auf die Stirn.

Mit einem tiefen Knurren drückte Dave Shawn auf den Rücken, wobei ihre Verbindung kurz unterbrochen wurde, bevor er Shawns Beine packte und seine Arme unter Shawns Knie hakte. Er zielte auf Shawns Loch und stieß tief in ihn hinein. Er füllte ihn, als würde er verflucht nochmal dort *hingehören*. Dann fickte er Shawn wild, hämmerte seine Hüften gegen Shawns Arsch, und Shawn wusste, dass sie beide jeden Moment kommen würden.

Dave schlang seine Arme um Shawns Hals und fickte ihn noch schneller, härter. „Oh, Scheiße, ja", stöhnte er. Shawn griff nach seinem eigenen Schwanz, der noch immer aus dem Höschen herausguckte, und begann, sich selbst zum Höhepunkt zu wichsen. Dave bewegte sich über ihm mit atemloser Dringlichkeit, so verdammt wunderschön mit seiner schweißbedeckten Haut, den Mund weit geöffnet und den Blick fest auf Shawns gerichtet.

Und dann war Shawn so weit und kam, verspritzte seine Ladung zwischen ihnen, zeichnete sie beide mit seinem Samen.

Dave erstarrte in ihm, beugte sich nach vorn und küsste ihn mit einem so verzweifelten Drängen, dass es Shawn den Atem raubte. Als der Kuss endete, fuhr er mit dem Finger über Shawns Brust und sammelte etwas Sperma auf. Ohne den Blick von Shawn abzuwenden, hob er den Finger an die Lippen und kostete.

Dann lächelte er. „Ich bin dran." Er liebkoste Shawn durch das seidige Höschen hindurch. Shawn konnte den Schauer nicht unterdrücken, der durch seinen ganzen Körper fuhr. Dave lächelte. „So verflucht sexy."

Shawn hielt sich an Daves Schultern fest, als der erneut begann, sich zu bewegen. Er nahm sofort Tempo auf und hämmerte schon bald wieder heftig in Shawns Körper.

„Sie mich an", forderte Dave. „Ich will, dass du mich ansiehst, wenn ich in dir komme."

Shawn stieß ein lautes Stöhnen aus. Bei Daves Worten überkam ihn eine neue Welle der Erregung. Dave stieß ein, zweimal zu, dann erstarrte er und erzitterte am ganzen Körper. Shawn fühlte das langsam Pulsieren in sich, und Himmel, es war geil zu wissen, dass da keine Barriere zwischen ihnen war, nur Haut auf Haut, während Dave ihn mit seinem Sperma füllte. Dave sank auf ihn herab und küsste ihn, und Shawn hob die seidenumhüllten Beine, legte sie um Daves Taille und überkreuzte die Fußknöchel.

So blieben sie eine gefühlte Ewigkeit lang

liegen, und Shawn genoss das Nachglühen eines großartigen Ficks. Und als Dave schließlich vorsichtig seinen erschlafften Schwanz aus Shawns Körper zog und fragte, ob er über Nacht bleiben konnte, zögerte Shawn nicht.

Eine ganze Nacht zusammen mit Dave? In seinen Armen schlafen?

Das klingt himmlisch.

Shawn schlüpfte behutsam aus dem Bett und schnappte sich den Morgenmantel vom Haken an der Schlafzimmertür. Er warf einen Blick auf Dave, aber da war kein Zeichen von Bewegung unter der Decke. Shawn sah auf die Uhr neben dem Bett und stellte erschrocken fest, dass es erst halb sieben war.

Seit wann werde ich an einem Sonntag so früh wach?

Es mochte wohl etwas mit dem hinreißenden Mann zu tun haben, der die Nacht in seinem Bett verbracht hatte. Sein Blick fiel auf das Häufchen Seide auf dem Teppich, das aus der Reizwäsche bestand, die er ausgezogen hatte, bevor er unter die Bettdecke gekrabbelt war.

Ja. Shawns Magen verkrampfte sich, und er verließ hastig den Raum, wobei er die Tür so leise wie möglich öffnete und wieder hinter sich schloss.

In der Küche füllte er den Wasserkocher, um Kaffee zu machen, und sah hinaus in den wunderschönen Sommermorgen vor seinem Fenster. Er zeigte alle Anzeichen eines herrlichen Tages; die Sonne stieg in den wolkenlosen Himmel, und die Vögel sangen.

Warum singt mein Herz nicht auch so? Das sollte es eigentlich, wenn man bedenkt, wie die Dinge laufen.

Er hatte Sex mit Dave gehabt. *Dave.* Und *Gott*, was für einen fantastischen Sex! Dave hatte sich im

Bett als genauso aufmerksam herausgestellt, wie Shawn es sich in seinen Fantasien ausgemalt hatte, und die Chemie zwischen ihnen war … perfekt.

Also, was stimmt nicht?

Und im selben Moment sah Shawn wieder dieses Häufchen Seide vor sich.

Er hatte jede Minute der vergangenen Nacht geliebt. Er hatte noch nie einen Partner wie Dave gehabt, und ehrlich gesagt: Nun, da er eine Kostprobe von dem bekommen hatte, wozu Dave fähig war, wollte Shawn nur noch mehr. Ihre sexuelle Kompatibilität, zusammen mit ihrer Freundschaft, war mehr, als Shawn sich je erträumt hatte, und Shawn hofft unwillkürlich, dass es vielleicht der Beginn von etwas war. *Der Beginn von uns.*

Nur eins hielt ihn davon ab, vor Glück in die Luft zu springen.

Er war unsicher, was Daves Motive anging. Er wusste, dass sich das albern anhörte. Er wusste, er sollte sich einfach freuen, dass sie endlich gefickt hatten. Es war nur …

Ein winziger Teil von ihm hatte Angst, dass der Grund, warum sie miteinander im Bett gelandet waren, nicht so sehr viel damit zu tun hatte, dass Dave ihn wollte, sondern mehr damit, dass Dave auf seinen Reizwäsche-Tick abfuhr. Und wenn das stimmte, wo blieb dann Shawn?

Könnte ich damit glücklich sein, wenn das der einzige Grund wäre, warum Dave mit mir Sex haben wollte?

Im Augenblick wusste Shawn keine Antwort auf diese spezielle Frage.

„Morgen." Dave stand gähnend in der Küchentür und kratzte die Eier durch sein T-Shirt, welches diese so gerade bedeckte.

Shawn musste darüber lächeln, und sein Blick wanderte kurz zu Daves Schritt, bevor er ihm wieder in die Augen sah. „So ist das also? Eine gemeinsame Nacht, und schon vergessen wir alle gesellschaftlichen Konventionen und gehen direkt über zu der Phase, in der man sich vor seinem Partner die Eier kratzt?" Er verdrehte die Augen. „Und ich dachte schon, es gäbe keine Romantik mehr."

Dave schnaubte, aber dann erstarrte er. „Partner?"

Shawns Puls beschleunigte sich. „Na ja, ja." Innerlich wollte er sich am liebsten ganz klein zusammenrollen. *Was ist nur in mich gefahren?* Er fickte *nie* gleich beim ersten Date. Er ging *nie* einfach davon aus, dass seine Gefühle erwidert wurden. Also was machte das bei Dave anders? Was war an Dave, dass Shawn alle Vernunft in den Wind schlug?

Die Antwort war klar.

Es war *Dave*. Ganz einfach. Der Mann, an den Shawn vor so vielen Jahren sein Herz verloren hatte.

Shawn holte tief Luft und machte sich bereit, zurück zu rudern. „Ich weiß ja nicht, wie es bei dir ist, aber ich lasse niemanden in mein Bett, wenn ich nicht … ernste Absichten hege." Er schluckte und hoffte zu Gott, Dave würde ihm nicht das Herz brechen, weniger als zwölf Stunden, nachdem Shawn es ihm vollends geschenkt hatte. Denn selbst, wenn es lediglich Shawns kleiner, perverser Tick war, der Daves Interesse geweckt hatte, würde Shawn sich damit zufrieden geben, solange es dazu führte, dass er Dave in seinem Leben hatte.

Dave riss die Augen auf. „Scheiße. Du denkst, dass ich … Scheiße, nein! Ich springe doch nicht mit *jedem* ins Bett, Kumpel." Er durchquerte die Küche mit drei langen Schritten und schloss Shawn in die Arme. Dave lächelte. „Ich bin irgendwie davon ausgegangen, dass wir jetzt, ja, ein Paar sind."

Shawn war froh über Daves starke Arme um ihn herum, weil seine Beine in diesem Augenblick ganz schön zitterten. *Danke, Gott.* Er beugte sich vor und küsste Dave auf die Wange.

Dave runzelte die Stirn. „Das ist alles, was ich bekomme?"

Shawn lachte. „Wenn ich mir die Zähne geputzt habe, dann gibt's vielleicht noch mehr da, wo das herkam."

Genau in diesem Moment gab Daves Magen ein sehr lautes Knurren von sich, und Dave grinste verlegen. „Vielleicht nach dem Frühstück?"

So lange konnte Shawn wohl noch abwarten.

* * * * * *

„Also, was jetzt?"

Dave neigte den Kopf zur Seite. „Meinst du, sobald ich meinen Kaffee getrunken habe? Oder reden wir hier über etwas mehr Metaphorisches?" Sein Kopf war voller Ideen gewesen, als er sich heute Morgen im Bett aufgesetzt hatte und das Häufchen Schönheit in Schwarz am Boden gesehen hatte. Er hatte einen Blick auf sein Handy geworfen, während Shawn im Bad gewesen war, und alles, was er wollte, war hier rauszukommen und ein paar Sachen erledigen.

Nur, dass wegzugehen plötzlich eine neue Bedeutung bekommen hatte.

Jetzt würde er sich von seinem … festen Freund verabschieden.

Scheiße. Ich habe einen festen Freund.

Shawn kicherte. „Ich meinte, was fängst du mit deinem restlichen Sonntag an? Hattest du irgendwelche Pläne, bevor sie alle über den Haufen geworfen wurden, weil du letzte Nacht hier geschlafen hast?"

Ah. Dave ergriff die Gelegenheit, die Shawn ihm soeben geboten hatte. „Na ja, da du es gerade erwähnst, ich hätte heute schon Einiges zu tun. So gern ich auch Zeit mit dir verbringen würde, ich habe nur heute Nachmittag, um Kram zu erledigen."

Er hasste es, wie Shawns Gesichtsausdruck auf neutral umschaltete, so als würde er seine Gefühle verbergen. *Vielleicht tut er genau das. Vielleicht ist er enttäuscht. Immerhin hat auch er gerade einen festen Freund bekommen.*

„Aber", fuhr Dave hastig fort, „da gibt es etwas, das ich gern nächsten Samstag zusammen mit dir machen würde. Ich muss dafür allerdings erst ein wenig recherchieren."

„Recherchieren?" Shawns Augen leuchteten. „Was hast du vor?"

Dave grinste. „Das wirst du früh genug herausfinden." Falls es nicht klappte, würde er sich etwas anderes ausdenken, um Shawn zu verwöhnen. Er hoffte allerdings *sehr*, dass es klappte „Leider bedeutet das, dass ich jetzt gehen muss."

Shawn nickte. Allerdings hatte sich ein Hauch Traurigkeit in seine schönen Augen gestohlen. „Das dachte ich mir schon. Hauptsache, ich sehe dich nächstes Wochenende wieder."

Dave wusste, wie er ein Lächeln auf das Gesicht seines Geliebten zaubern konnte. „Wie wär's, wenn wir das ganze nächste Wochenende zusammen verbringen würden? Wenn du das willst und wir versuchen, den ganzen üblichen Kram schon im Laufe der Woche zu erledigen, dann …"

Dieses Mal grinste Shawn. „Ja, das will ich. Dann habe ich etwas, worauf ich mich nach einer Woche Sklavenarbeit am heißen Rechner freuen kann." Er zwinkerte. „Buchhalterhumor."

Dave fasste sich an die Brust. „Buchhalter haben Humor?"

Shawn verengte die Augen. „Gefallen dir

deine Eier da, wo sie sind?" Dann verschränkte er die Arme vor der Brust. „Und zum Beweis ..."

Dave stöhnte. „Oh, bitte, Gott, nein. Bitte sag mir, dass du jetzt nicht anfängst, Buchhalterwitze zu erzählen." Das Herz wurde ihm leicht, als er sah, wie entspannt und ungezwungen Shawn war. *Als wären wir schon immer füreinander bestimmt gewesen.* Das war ein ernüchternder Gedanke. *Ich schulde mein gegenwärtiges Glück dem Umstand, dass ich im Fitnesscenter mit einem anderen Mann geflirtet habe.*

„Na gut. Du hast es nicht anders gewollt." Shawn kam auf ihn zu, den Blick fest auf Dave gerichtet. „Ein Buchhalter ist jemand, der ein Problem löst, von dem du nicht wusstest, dass du es hattest, und in einer Weise, die du nicht verstehst."

Dave verzog keine Miene. „Bitte, sag Bescheid, wenn du irgendetwas Lustiges sagst. Ich werd's dann meinem Gesicht weitersagen."

Shawn machte einen weiteren Schritt auf ihn zu. Dieses Mal begann Dave, vor ihm zurückzuweichen, bis er mit den Beinen die Couch hinter sich berührte. „Wo wohnen arabische Buchhalter? In Steueroasen."

David verzog das Gesicht. „Hm, ich habe ein bisschen was gespürt, aber ... nein."

Shawn hob die Augenbrauen. „Ich verstehe." Er schubste David auf die Couch. „Wieso gibt es Wirtschaftswissenschaftler? Damit Buchhalter jemanden haben, über den sie lachen können."

David schnaubte. „Gott, Witze sind echt nicht deine Stärke, oder?"

Und an dieser Stelle stürzte Shawn sich auf ihn und kitzelte ihn gnadenlos. „Ich gebe noch nicht auf. Ich *werde* dich zum Lachen bringen, du Sack."

„Aber mit Kitzeln, das ist … geschummelt", keuchte David, als Shawns Finger seine Rippen fanden. „Nein! Nicht da!"

Shawn setzte sich rittlings auf Daves Taille und griff unter dessen T-Shirt, um die empfindlichen Stellen zu attackieren. „Eine Gebühr ist eine Steuer dafür, dass du etwas falsch gemacht hast, und eine Steuer ist eine Gebühr dafür, dass du etwas richtig gemacht hast. Wusstest du das?"

„Oh, oooh, dicht dran! Ich hätte fast gelächelt." Dave hatte schon seit Ewigkeiten nicht mehr so viel Spaß gehabt. Und dass er ihn zusammen mit Shawn hatte, machte es nur noch besser. „Mach weiter. Einen Versuch hast du noch."

Shawn hörte auf, ihn zu kitzeln, und beugte sich über Dave, der nun lang ausgestreckt unter ihm lag. „Was ist der Unterschied zwischen einem Buchhalter und einem Anwalt?" Seine Stimme war leise geworden.

Dave tat einen Moment lang so, als würde er nachdenken. „Okay, ich gebe auf."

Shawn lächelte. „Der Buchhalter *weiß*, dass er langweilig ist."

Dave grinste. „Okay, *das* war witzig." Was immer er auch sonst noch hatte sagen wollen, entfiel ihm, als Shawns Lippen seine in einem Kuss trafen, bei dem es Dave ganz warm wurde.

Okay, er musste ja nicht jetzt *sofort* gehen.

* * * * * *

Das warme Gefühl des vergangenen Wochenendes hielt für einige Tage an. Aber dann stahlen sich Shawns ursprüngliche Zweifel wieder in seine Gedanken, obwohl er sein Bestes tat, um sie zu ignorieren. Nicht, dass es nicht bereits winzige Veränderungen gab. Zum Beispiel hatten er und Dave sich in dieser einen Woche schon mehr Nachrichten und Mails geschrieben als in den vergangenen sechs Monaten zusammengenommen. Witze. Memes. Ideen für zukünftige Dates. Shawn freute sich darauf, wenn sein Telefon die nächste ankommende Nachricht anzeigte, und Daves Mitteilungen munterten ihn jedes Mal auf.

Aber je weiter die Woche voranschritt, umso mehr kehrten Shawns anfängliche Befürchtungen zurück, obwohl das Thema Reizwäsche in keiner Nachricht oder Mail je erwähnt wurde. Shawn bemühte sich, seine Panik zu verdrängen und sich stattdessen auf Daves geheime Pläne für ihr Wochenende zu freuen. Was immer er vorhatte, Dave verriet ihm nichts.

Als er dann mit Shawn am Samstagmorgen zur städtischen Kunstgalerie gefahren war, war Shawn angenehm überrascht – und gerührt – gewesen, festzustellen, dass sie eine Ausstellung von präraffaelitischen Gemälden besuchen würden. Er hatte keine Ahnung gehabt, dass Dave wusste, wie sehr er sich dafür interessierte. Sie verbrachten einige Stunden damit, gemächlich von Raum zu Raum zu schlendern, während Shawn alles erzählte, was er über seine Lieblingsmaler wusste.

Als sie die Galerie verließen, gab Shawn einen zufriedenen Seufzer von sich. „Das war eine wunderbare Überraschung. Ich hatte die Ausstellung besuchen wollen, seit ich die Werbung dafür gesehen hatte, aber du weißt ja, wie es oft ist."

Dave nickte. „Es kommt einem immer irgendwas dazwischen. Oder?"

„Genau."

Dave zuckte die Achseln. „Ich hab' die Bücher in deiner Wohnung gesehen. Und du hast auch ein paar Kunstdrucke, stimmt's? Also dachte ich, das wäre eine sichere Wahl."

Shawn beugte sich spontan vor und küsste Dave auf die Wange. Er mochte es, wie Dave errötete und lächelte. „Danke."

Dave grinste, und sein verschlagener Ausdruck ließ bei Shawn die Alarmglocken schrillen. „Ich bin froh, dass es dir gefallen hat. Aber … das war nicht die eigentliche Überraschung."

Shawn starrte ihn an. „Echt nicht?"

„Nein. Jetzt gehen wir in einem netten, kleinen Pub im Park etwas essen, draußen, wo wir bei einem Bier Leute beobachten können. Aber … das ist auch noch nicht die Überraschung. Die kommt später."

Shawn wusste nicht, was er denken sollte. Ihr erster Ausflug als Paar überstieg sämtliche Erwartungen, und er war entzückt. Umso mehr, als Dave ihm seine Hand hinhielt. Shawns Herz schlug einen kleinen Purzelbaum, als er sie nahm und die beiden Hand in Hand zum Park schlenderten.

Worüber, um Himmels Willen, habe ich mir bloß Sorgen gemacht?

Es war einfach wunderbar.

* * * * * *

„Wo bringst du mich hin?" Shawn betrachtete skeptisch seine Umgebung. Die schmalen Gassen in der Altstadt mit den malerischen, aber teuren Designerläden und Boutiquen waren nicht gerade eine Gegend, in der er normalerweise einkaufte. Sie waren schön anzusehen – alle beheimatet in alten Gebäuden, die liebevoll restauriert worden waren – aber er würde nie hier einkaufen. Und wo auch immer Dave hinwollte, die Geschäfte würden ohnehin bald geschlossen sein. Es war bereit fast fünf Uhr. „Bist du sicher, dass du weißt, wo du hingehst?"

David lachte leise. „Wenn du dann mit deinem Fragespiel fertig bist? Wir sind nämlich da." Sie umrundeten eine Hausecke, und–

Shawn klappte die Kinnlade herunter. „Woher kennst du denn Rosenthals?"

Vor ihnen befand sich ein wunderschöner Laden mit großen, gebogenen Fenstern zu beiden Seiten der verzierten Eingangstür. In den Fenstern waren geschmackvolle Auslagen von Lingerie, präsentiert auf Ständern oder an halben Schaufensterpuppen, vor einem Hintergrund aus kunstvoll drapierter, fliederfarbener Seide. Shawn kannte natürlich den Namen des Unternehmens – er hatte die Website gesehen – aber er war noch hier gewesen. Online etwas zu bestellen war viel unproblematischer. Okay, er konnte die Wäsche erst anprobieren, wenn das Paket ankam, was bedeutete, dass er sie umständlich zurückschicken musste, wenn etwas nicht passte. Aber das war immer noch besser, als von der Verkäuferin schräg angeguckt zu werden, die sich wunderte, warum ein Mann mit Damenreizwäsche in die Umkleide ging.

Dave führte ihn zu einem der Fenster und schaute sich die hübschen Auslagen an. „Ich habe das Geschäft online gefunden und bin letzten Samstag hier gewesen, nachdem ich von dir weggefahren bin."

„Das … war, was du recherchiert hast?"

Dave nickte und zeigte auf ein Schild in der Ecke des Fensters. „Was steht da?"

Shawn beugte sich vor, um es zu lesen. „Öffnungszeiten: Täglich von zehn bis sechzehn Uhr und nach vorheriger Vereinbarung." Er runzelte die Stirn. „Nach Vereinbarung?" Bevor er noch weitere Fragen stellen konnte, drückte Dave die Tür auf und bedeutete ihm, einzutreten.

Es ist geöffnet? Aber laut dem Schild haben sie jetzt geschlossen. Was zum Henker?

Shawn betrat die Boutique mit ihren hochglanz-lackierten, alten Holzfußböden, ihren altmodischen, hölzernen Schauvitrinen, die irgendwie perfekt in den Laden passten, und den vielen Büsten und Schaufensterpuppen, über die unterschiedliche Lingerie und Nachtwäsche drapiert war.

Eine junge Frau stand hinter dem Glastresen. „Hallo, ich bin Naomi Rosenthal. Sie müssen Shawn sein", sagte sie lächelnd. Sie trat hinter dem Tresen hervor und kam mit ausgestreckter Hand auf sie zu. Sie schüttelten Shawns Hand und nickte Dave zu. „Es ist alles für Sie bereit." Sie sah Shawn kurz von oben bis unten an. „Ja, ich glaube, sie haben die Größe recht gut geschätzt. Wenn Sie beide mir bitte folgen wollen?"

Shawn war verdattert. *Größe geschätzt?* Der Tag war in der Tat voller Überraschungen, aber er konnte den nervösen Knoten in seinem Magen nicht ignorieren. *Lingerie.* Gerade, als er gedacht hatte, seine Sorgen wären unnötig gewesen …

„Shawn?"

Shawn riss sich aus seinen unangenehmen Gedanken und blinzelte.

Dave lachte. „Ich weiß, du kommst dir gerade vor wie ein Kind im Süßwarenladen, aber du hast hier eine Aufgabe zu erledigen. Und als Erstes musst du der netten Dame folgen."

Mit einem unguten Gefühl im Magen folgte Shawn Naomi und Dave in den hinteren Teil des Ladens, wo es zwei Umkleidekabinen mit bodenlangen Vorhängen aus rotem Samt gab. Naomi beachtete diese jedoch nicht und öffnete stattdessen eine hölzerne Tür zu ihrer Linken.

„Ich habe sechs, sieben Stücke ausgesucht, so wie besprochen", sagte sie zu Dave. „Falls Sie irgendetwas brauchen, ich bin gleich hier draußen." Sie bedeutete ihnen, den Raum zu betreten, dann schloss sie die Tür hinter ihnen.

Shawn starrte den kleinen Raum mit den cremefarbenen Wänden an. An einer Seite gab es ein niedriges, beigefarbenes Ledersofa, an der anderen Seite standen ein Tisch und ein Stuhl. Die Fenster waren von Jalousien bedeckt, und an der Wand hing ein großer Ankleidespiegel. Dann richtete er seine Aufmerksamkeit erneut auf den Tisch, wo mehrere Wäschestücke auf einem blütenweißen Tischtusch ausgebreitet waren.

Zeit für ein paar Antworten.

Er dreht sich zu Dave um, der sich bereits auf das Sofa gesetzt hatte und sich nun grinsend zurücklehnte. „Und? Schöne Überraschung?"

Shawn verschränkte seine Arme. „Was zum Henker geht hier eigentlich vor?"

Dave saß ganz still. „Ich dachte, das wäre offensichtlich. Als ich letztes Wochenende mit Naomi gesprochen habe, sagte sie mir, es wäre möglich, etwas außerhalb der normalen Öffnungszeiten zu vereinbaren. Sie macht das oft für ihre männlichen Kunden, die Wäsche anprobieren wollen." Als Shawn ihn mit offenem Mund anstarrte, nickte Dave. „Offenbar hat sie nicht wenige solche Kunden. Manche kommen allein, andere mit ihren Freundinnen oder Ehefrauen. Sie stellt ein Auswahl von Wäschestücken zusammen, und die Kunden können sie in aller Ruhe anprobieren, ohne deswegen nervös oder peinlich berührt zu sein." Er neigte den Kopf zu einer Seite. „Also … schöne Überraschung?" Sein Lächeln erstarb, und er sah Shawn skeptisch an.

Shawn kam sich wie ein totales Arschloch vor.

Er ging zu David hinüber und beugte sich herab, um ihn zu küssen. „Es ist eine wunderbare Überraschung. Danke." Er ignorierte die leise Stimme in seinem Kopf. *Aber warum musste es Reizwäsche sein?*

„Warum schaust du dir nicht an, was sie ausgesucht hat?", schlug Dave vor.

Shawn ging zum Tisch hinüber und warf einen Blick auf die Wäschestücke. Ihm stockte für einen Moment der Atem beim Anblick eines Bodystockings mit Seitenteilen aus edlem Satin in einem dunklen Rosaton und schwarzem Netzstoff im Vorderteil. Das Dekolleté war aus schwarzer Spitze gearbeitet. Als Shawn den gepolsterten Kleiderbügel hochhob und umdrehte, seufzte er beglückt. Das Rückenteil war tief ausgeschnitten, ein transparentes

Stück aus schwarzem Netz, das in einem Tanga aus Spitze endete.

„Das ist wunderschön."

Dave stand vom Sofa auf, ging zu Shawn und half ihm, aus seiner Jacke zu schlüpfen. „Dann probier es an." Seine Augen funkelten. „Ich helfe dir."

Der letzte Kommentar überraschte Shawn nicht. Kein bisschen. „Meinst du nicht, dass Naomi sich denken kann, was hier drin vor sich geht?"

David zwinkerte ihm zu. „Wie es scheint, ist das kein seltenes Vorkommnis." Er beugte sich vor und küsste Shawn auf den Mund. Dann trat er einen Schritt zurück. „Deine Sachen. Runter damit."

Shawn schlüpfte aus seinen Schuhen, und Dave entkleidete ihn und legte seine Sachen sorgfältig auf dem Stuhl ab. Als Shawn nackt war und sein Schwanz bereits anzuschwellen begann, lächelte Dave. „Und jetzt lass uns sehen, wie das an dir aussieht." Er zog den hübschen Body von Kleiderbügel und hielt in Shawn so hin, dass er mit den Beinen hineinsteigen konnte. Dann zog Dave das seidige Wäschestück langsam über Shawns Körper nach oben. Er hielt inne, als er Shawns Schwanz erreichte und sah zu Shawn auf. Der verschlagene Ausdruck war zurück in seinem Gesicht.

Shawn sah ihn scharf an. „Denk nicht einmal daran!", flüsterte er. „Du wirst mir *nicht* mitten in einem Umkleideraum einen blasen, vor allem nicht, wenn Naomi gleich hinter dieser Tür ist. Und bevor du es erwähnst – nein, es mir schnurzegal, wie diskret so etwas in diesem Laden behandelt wird. Verstanden?"

Dave schmollte, und der Anblick seiner sexy, vollen Unterlippe machte die Sache kein bisschen besser. Insbesondere, da Shawn sich lebhaft erinnern konnte, wie diese Lippen ausgesehen hatten, als sie um seinen–

Schluss damit. Jetzt sofort.

Shawn holte tief Luft. „Okay. Jetzt mach weiter."

Dave nickte und hielt die Träger so, dass Shawn mit den Armen hineinschlüpfen konnte. Shawn zupfte den Body zurecht, sodass alles an der richtige Stelle saß, dann schaute er in den Spiegel.

„Wie fühlt es sich an?"

Shawn betrachtete sein Spiegelbild. Der Body saß gut. Er war bequem und kein bisschen zu eng. Der elastische Stoff umhüllte die Konturen seines Körpers und das Teil war diskret genug, um es unter der Kleidung zu tragen. „Es fühlt sich toll an. Ich fühle mich damit angezogen, aber vorn und hinten ist es durchsichtig." Er griff hinter sich, wo die Spitzenkante von oben an der Hüfte bis hinunter zu dem dünnen String zwischen seinen Hinterbacken verlief. „Ich mag den Tanga hinten."

„Ja, der gefällt mir auch irgendwie." Daves Hand war plötzlich auf seinem Arsch und streichelte die nackte Haut. „Wenn ich dich darin sehe, würde ich dir zu gern den Hintern versohlen, während du das trägst."

Shawn hob die Augenbrauen. „Oh? Und wie lange befasst du dich schon mit dem Gedanken, mir den Hintern zu versohlen?"

Dave grinste. „Seit ich ihn das eine Mal in der Dusche des Fitnessstudios gesehen habe. Ich dachte so bei mir: Diesen tollen Arsch muss man versohlen." Er rückte näher. „Muss man lecken." Shawn erschauerte, als Daves Lippen sein Ohr berührten. „Hineinbeißen."

Heilige Scheiße. Shawns Schwanz bäumte sich unter der Seide auf.

Dave trat zurück und sah ihn von oben bis unten an. „Oh ja, das nehmen wir." Er lächelte. „Probier noch etwas anderes an. Und dann bringe ich dich nach Hause."

Shawn erschauerte erneut. „Klar."

Shawn hatte keinen Zweifel daran, was passieren würde, sobald sie zuhause ankamen.

Sie waren kaum durch die Vordertür von Shawns Wohnung, da lagen ihre Jacken auch schon auf dem Fußboden, und Dave drängte ihn bereits in Richtung Schlafzimmer. Schon als sie das Geschäft verlassen hatten, Daves Geschenke sicher unter Seidenpapier in glänzenden, schwarzen Papiertüten verstaut, hatte Shawn den Siedepunkt erreicht. Dave hatte vorgeschlagen, mit einem Taxi heimzufahren, und Shawn wusste genau, warum: Es war einfach die sicherste Methode gewesen, um nach Hause zu gelangen.

Er schloss hinter ihnen die Schlafzimmertür, und Sekunden später war Daves Mund auf seinem Hals, küssend, leckend, und machte ihn so derartig hart, dass eine Katze Shawns Ständer als Kratzbaum hätte benutzen können. Finger fummelten an Knöpfen, Hände zerrten und zogen, und schließlich waren sie beide nackt. Daves Schwanz stand von seinem Körper ab, hart und dick, und streckte sich nach seinem Bauchnabel. Shawn leckte sich die Lippen. Er wollte gerade auf die Knie sinken und ihn kosten, aber Dave hielt ihn auf.

„Zieh es für mich an", drängte Dave und zeigte auf die glänzende Tüte, die auf dem Bett stand. Shawn brauchte nicht zu fragen, was er meinte. Es lag ihm auf der Zunge: Er wollte fragen, ob sie sich nicht auch einfach so das gegenseitig das Hirn rausficken konnten, aber ein Teil von ihm fürchtete, dass ihm die Antwort darauf nicht gefallen würde.

Wecke keine schlafenden Hunde. Er ist hier, richtig? Er will dich, richtig? Und wenn er dich nur in Reizwäsche will, na und? Wenn es so sein soll, dann tu es einfach und halt die Klappe.

Shawn war schließlich auch nur ein Mensch. Er konnte Kompromisse eingehen, wenn es nötig war, um Dave in seinem Leben zu haben.

Er griff in die Tasche und nahm den in Seidenpapier eingewickelten Body heraus. Seine Hände zitterten, als er ihn anzog, und er war sich sehr bewusst, dass Dave ihn die ganze Zeit anschaute. Als er sich aufrichtete und ihn mit klopfendem Herzen ansah, nickte Dave bedächtig. „So ein verdammt sexy Mann. Aufs Bett mit dir. Auf alle Viere. Mit dem Gesicht zum Kopfende."

Zitternd folgte Shawn der Aufforderung. Sein Atem ging schwer, sein Puls raste. Es war, was er immer gewollt hatte: dass Dave die Führung übernahm, fordernd. Er hatte sich allerdings nicht vorgestellt, dass er jedes Mal, wenn sie Sex hatten, Reizwäsche trug. Er brachte sich in Position und schloss die Augen. *Wird es nun immer so sein?* Und falls ja, wie lange würde es das mitmachen können, bevor er etwas sagen musste?

Als Daves kühle Finger seinen Hintern liebkosten, erschauerte Shawn und schmiegte sich in die Berührung. Warme Lippen drückten sich auf seine Haut, zärtliche Küsse, die sich in vorsichtige Bisse verwandelten und ihm wohlige Schauer über den Rücken jagten. Dann zog Dave den String zur Seite, und Shawn fühlte die erste, zögerliche Berührung von Daves Zunge an seinem Eingang. Er ließ seinen Kopf aufs Bett sinken und stöhnte.

Daves Atem war warm, aber der plötzliche Lufthauch fühlte sich dennoch kühl an seiner Rosette an. Shawn griff nach hinten und zog seine Arschbacken auseinander. Er wollte mehr. Ein heiße Zunge, die sein Loch umkreiste, war seine Belohnung. Und als Dave schließlich seine Zungenspitzen hineinschob, durchfuhr Shawn eine Welle so intensiver Lust, dass er aufstöhnte.

„Ich kann nicht länger warten. Ich muss in dich hinein." Dave klang ganz heiser vor Verlangen.

Shawn hob den Kopf und nickte zum Nachttisch hinüber. „Du weißt ja, wo das Gleitmittel ist." Seine eigene Stimme war rau. Er hob sich auf die Knie und zog an dem Klettband, mit dem der Body im Schritt geschlossen wurde. Dann sank er wieder auf die Hände und nahm seine Position ein, die Beine weit gespreizt, und wartete.

Dave verlor keine Zeit. Shawn schrie auf, als zwei schlüpfrige Finger in ihn eindrangen. Er schob sein Becken zurück und drückte dagegen, ungeachtet des Brennens. Gott, er wollte es so sehr. Und als die Matratze schwankte und ein warmer, harter, nackter Schwanz ihn langsam penetrierte, vergaß Shawn all seine Befürchtungen, vergaß alles andere außer dem Mann, der mit ihm Liebe machte, und mit seinen Händen an Shawns Hüften ihn auf seinen steifen

Schaft zog.

„Scheiße, ja, so ist es gut. Fick dich selbst auf meinem Schwanz." Dave hielt still und überließ die ganze Arbeit Shawn, der sich nach hinten schob und die Hüften kreisen ließ, während er sich selbst wieder und immer wieder auf Daves Ständer spießte. Bald darauf bewegten sie sich beide im Einklang, und Shawn begegnete jedem von Daves Stößen und spürte Daves Schwanz tief in sich. Ihre Körper klatschten aneinander. Das laute Geräusch von Haut auf Haut war so verdammt geil. Dave griff unter ihn, schob eine Hand zwischen die Seide und Shawns Haut und schloss seine Finger um Shawns Schwanz. „Sieh dich nur an. Sexy wie sonstwas in Seide." Er stieß hart zu und füllte Shawn bis zum Anschlag, und Shawn schrie vor Lust auf, als Dave seine Prostata traf. „Das ist der Punkt, ja?" Er zog sich fast ganz wieder heraus, nur um seinen Schaft aufs Neue tief in Shawn zu versenken.

Mit einer Hand an Shawns Schwanz und der anderen an Shawns Schulter hielt Dave ihn unter sich an Ort und Stelle. Shawn schob sein Becken nach hinten auf Daves dicken Schaft, und wenn er es wieder nach vorn bewegte, zwang er gleichzeitig seinen Ständer durch Daves Faust.

Schon bald spürte er das verräterische Pulsieren von Dave in sich und Daves schweißnasse Brust an seinem Rücken, als der sich über ihn beugte und ihn zwischen die Trägerchen des Bodys küsste. Shawn stöhnte. Daves Schwanz schwoll in ihm, und

Shawn zog seine Muskeln zusammen. Daves lautes Stöhnen verriet ihm, wie gut sich das für Dave anfühlte.

Dave zog seinen Schwanz heraus und warf Shawn auf den Rücken. Dann zog er die Seide zur Seite, um Shawns pochenden Schwanz freizulegen. Shawn schrie auf, als Dave ihn tief in den Mund nahm, saugte und seinen Kopf auf und ab bewegte, um Shawn zum Orgasmus zu bringen. Shawn nahm Daves Kopf in beide Hände und pumpte in den warmen Mund. Seine Hüften zuckten, als er abspritzte. David ließ nicht eine Sekunde lang nach und schluckte jeden Tropfen Sperma, den Shawn zu geben hatte. Als schließlich wirklich nichts mehr kam, ließ Shawn los und schmolz in die Kissen, während Dave an ihm hochkrabbelte, um ihn zu küssen. Süße, zärtliche Küsse ohne Hast, die nichts mit den erregten, drängenden Küssen gemein hatten, die sie beim Hereinkommen getauscht hatte.

Dave sah Shawn tief in die Augen. „Du bist fantastisch, weißt du das?" Er streichelte Shawns Brust durch die Lage Spitzenstoff. „Und das hier? Scheiße, das war eine richtig gute Idee."

Shawns Kopfhaut prickelte, und etwas in ihm zog sich zusammen. Er nahm ein paar tiefe, beruhigende Atemzüge und versuchte, das unangenehme Gefühl in der Magengrube zu ignorieren. „Ich bin gleich wieder da." Er rückte von Dave ab, kletterte aus dem Bett und ging ins Bad. Er vertraute sich selbst nicht genug in diesem Moment, um im Schlafzimmer bei Dave zu sein. *Ich sage vielleicht sonst etwas, das ich bereuen würde.*

Sobald er im Badezimmer war, setzte er sich auf den geschlossenen Toilettendeckel und verbarg das Gesicht in seinen Händen.

Was soll ich jetzt machen? Seine eigene Reaktion machte ihm einiges klar.

Offenbar war Shawn doch nicht so gut im Kompromisse machen.

„Alles in Ordnung mit dir da drin?", tönte Daves Stimme leise von der anderen Seite der Badezimmertür.

Er seufzte. „Es geht mir gut." Er wusste, dass er etwas sagen musste. Die Frage war nur, wann.

Er sah an seinem Körper herab, der noch immer in dem Seidenbody steckte. Shawn zog sich das Wäschestück über den Kopf und ließ es auf den Boden fallen. Dann starrte er es an, und seine Brust zog sich schmerzhaft zusammen.

Scheiße, er war so durcheinander.

* * * * * *

Dave machte sich Sorgen. Shawn bestritt zwar, dass etwas nicht stimmte, aber Dave vertraute seinem Bauchgefühl, und das sagte ihm, dass irgendetwas *definitiv* nicht stimmte. Sie hatten sich angezogen und Shawn hatte angefangen, darüber zu reden, was sie zum Abendessen machen sollten, aber Dave ließ sich nicht täuschen. Ihm waren die

Seitenblicke nicht entgangen, die Shawn ihm zuwarf, wenn er dachte, Dave würde nicht hinsehen. Genauso wenig wie die Art, wie Shawn an seiner Unterlippe kaute.

Wie viele Jahre kenne ich ihn jetzt schon? Lang genug, um die Zeichen zu erkennen, die ihm sagten, dass Shawn nicht glücklich war. Und nach Daves Meinung besagten solche Zeichen direkt nach gutem Sex nicht gerade, dass alles in bester Ordnung war. Er wartete, bis Shawn seinen Kopf in die Küchenschränke steckte und den Kühlschrankinhalt inspizierte, bevor er etwas sagte.

„Was ist, wirst du mir nun sagen, was dich stört?"

Shawn hielt inne, und dieser neutrale Gesichtsausdruck war wieder da. Der, bei dem Dave das Herz schwer wurde. Ja. Irgendetwas stimmte nicht.

„Es ist nichts." Shawn nahm eine Schachtel aus dem Küchenschrank. „Ich habe noch etwas mediterranen Reis–"

„Ich scheiße auf den Reis." Dave riss ihm die Schachtel aus der Hand und stellte sie auf die Arbeitsplatte. „*Rede* mit mir, Shawn. Ich kenne dich, das weißt du. Ich kenne dich gut genug, um zu merken, wenn du mir beschissene Lügen erzählst." Shawn sah ihn gequält an, und Daves Frustration ließ nach. „Ich dachte, wir wären jetzt ein Paar. Bedeutet das nicht, dass wir miteinander reden? Uns einander anvertrauen?"

Shawns Augen weiteten sich ein wenig. Dann ließ er den Kopf sinken. „Sind wir das wirklich?"

Dave runzelte die Stirn. „Sind wir wirklich was?"

„Ein Paar."

Die kaum hörbaren Worte versetzten Dave einen Stich von Furcht. „Was meinst du damit?"

Shawn hob langsam den Kopf und sah ihn an. „Wie oft hatten wir Sex?"

Dave zählte rasch nach. „Dreimal."

Shawn nickte zustimmend. „Und alle drei Male habe ich Reizwäsche getragen."

Dave nickte verblüfft. Er hatte keinen Schimmer, worauf Shawn hinauswollte.

„Reizwäsche, die *du* mich gebeten hast, anzuziehen", betonte Shawn.

„Ja? Wolltest du das nicht? Geht es darum? Ich dachte, du trägst gern–"

Shawn hob eine Hand. „Warte, lass mich ausreden." Er stellte sich gerade hin. „Hast du vor dem ersten Mal schon irgendwann einmal daran gedacht, Sex mit mir zu haben?"

Dave drehte sich der Kopf. „Ja. Ich habe oft daran gedacht – an dich gedacht."

Shawn nickte. „Aber du hast nichts deswegen unternommen. Bis du meine Höschen gefunden hast. Bis du mich in ihnen gesehen hast."

Dave wurde innerlich ganz kalt. „Worauf willst du hinaus?"

Shawn seufzte. „Ich glaube nicht, dass das,

was zwischen uns ist, etwas mit dir und mir zu tun hat. Es geht nur um den perversen Kick."

Dave war ... verdattert. „Was?"

Shawn zuckte die Achseln. „Tut mir leid, aber ich musste etwas sagen. Versteh mich nicht falsch. Wenn ich zwischen diesen beiden Möglichkeiten wählen muss, dich nicht in meinem Leben zu haben oder dich *so* zu haben – dass ich Reizwäsche anziehen muss, damit du mich ficken willst – dann okay, dann nehme ich dich so. Im Augenblick nehme ich, was ich kriegen kann."

Was. Zum. Henker?

Dave holte langsam Luft. „Ich glaube, ich wurde gerade beleidigt."

„Ich meinte das nicht als Beleidigung."

Dave hielt eine Hand hoch, um ihn zum Schweigen zu bringen. „Lass mich mal sehen, ob ich das richtig verstanden habe. Du sagst, der einzige Grund, warum ich dich mag, warum ich jetzt hier bin, ist der Wäsche-Tick." Als Shawn nicht antwortete, sondern ihn lediglich mit bleichem Gesicht anstarrte, verlor Dave die Fassung. „Hast du je – auch nur ein einziges Mal – darüber nachgedacht, dass ich dich vielleicht wegen *mehr* mag als nur wegen des Umstands, dass du sexy Reizwäsche trägst? Wie lange sind wir schon befreundet? Und du denkst trotzdem, dass ich dich nur *benutze*?" Ihm wurde regelrecht übel. „Vergiss das Abendessen." Er verließ die Küche und suchte seine Jacke.

„Dave. Bitte geh nicht." Shawn kam ihm hinterher. „Ich dachte nicht–"

Dave wirbelte herum und starrte ihn an. „Das ist genau der Punkt. Du hast *nicht* gedacht. Denn wenn du nachgedacht hättest, dann wäre dir klar geworden, wie falsch du liegst." Er ging zur Tür. „Wir sehen uns, wenn ich mich beruhigt habe."

Er zitterte immer noch, als er sein Auto erreichte. Dave stieg ein und ließ den Kopf gegen die Kopfstütze fallen. *Was zur Hölle?* Er hinterfragte seine Gefühle und sein Magen drehte sich um. Hatte Shawn vielleicht recht? Er konnte verstehen, warum Shawn diesem voreiligen Schluss gezogen haben mochte, aber trotzdem …

Er musste hier weg. Im Augenblick konnte er einfach nicht geradeaus denken.

Und das war genau das Problem. Es war nicht alles so geradeaus, wie er früher gedacht hatte. Er war nicht hetero. Er war bi, und er war in seinen besten Freund verliebt. Der soeben erfolgreich dafür gesorgt hatte, dass Dave nun an sich selbst zweifelte.

Die ganze Situation war total beschissen.

* * * * * *

Shawn war bei seinem dritten Glas Wein, als seine Mutter anrief, aber es reichte immer noch nicht, um den dumpfen Schmerz in ihm zu betäuben. Scheiße, noch lange nicht.

„'lo?"

„Shawn? Geht es dir gut? Du hörst dich gar nicht wie du selbst an."

„Wei'ch das auch nich' bin. Ich selbs', mein' ich."

Es gab einen Moment des Schweigens. „Schatz, was ist passiert?"

Ein kurzen Augenblick lang erwog er, sie anzulügen, aber dann verwarf er den Gedanken. „Weißt du noch, wie ich sagte, dass es jemanden gibt, an dem ich interessiert war?"

„Ja."

„Tja, ich dachte, das klappt. Aber dann konnte ich einfach nich' die Klappe halten." Er hatte nichts von Dave gehört, seit er gegangen war. Nicht ein einziges, beschissenes Wort.

„Ach, Herzchen, was ist denn nur passiert?"

Shawn nahm noch einen Schluck Wein, bevor er fortfuhr: „Ich hab' ihn verscheucht. Das is' die Kurzfassung. Weil ich dumm war."

Noch eine Pause. „Vielleicht ist es nicht so schlimm, wie du denkst. Vielleicht wird er, wenn er erst ein bisschen Zeit zum Nachdenken hatte–"

„Oder vielleicht auch nich'. So darf ich nich' denken. Sonst werde ich für immer warten. Hoffen. So kann man ja nich' leben." Er musste sich auf das Schlimmste gefasst machen: dass David ganz aus seinem Leben verschwunden war.

Scheiße, ich hab's wirklich versaut, oder?

„Gib ihn nicht auf, Schatz."

Shawn kicherte. „Gott, das klingt sogar noch

kitschiger als das erste Mal, als ich das hörte. Als ich deine *David Soul*-Alben gehört habe, als ich noch klein war. Tut mir leid, Mama, aber ich will jetzt eigentlich wirklich nicht darüber reden. „Ich … ich ruf' dich irgendwann diese Woche an, okay?"

„Shawn, hör mir zu. Wenn es so bestimmt ist, dass dieser Mann mit dir zusammen sein soll, dann wird es geschehen. Wenn nicht, dann wird es jemand anderen geben. Das fühle ich. Und wenn du ihn gefunden hast, dann stellst du ihn uns vor, und wir werden ihn mit offenen Armen empfangen." Sie machte eine kleine Pause. „Okay?"

Er seufzte. „Okay. Grüß Papa von mir." Er beendete den Anruf und legte das Handy neben sich aufs Sitzpolster. Dann schloss er die Augen. Er sehnte sich danach, Dave anzurufen, sich zu entschuldigen. Aber er wusste, es war besser, wenn er ihn in Ruhe ließ, bis er sich beruhigt hatte. Vielleicht würde er danach die Dinge etwas anders sehen. Im Moment musste Shawn erstmal den Wein stehen lassen und etwas essen. Sich zu betrinken, brachte nämlich *gar* nichts.

Und wenn ich das nächste Mal den Drang verspüre, etwas zu sagen, halte ich einfach meine große Klappe.

* * * * * *

Dave strengte sich an und hob die große Hantel an die Brust, hielt sie dort einen Moment und ließ sie dann auf den Boden herunter.

„Wie viele Wiederholungen hast du schon?", fragte ihn eine leise Stimme.

Dave drehte dem Sprecher den Kopf zu und verbiss sich ein Stöhnen. *Geh weg, Jake. Nicht jetzt.* Stattdessen wischte er sich Hände und Stirn mit seinem Handtuch ab und zuckte die Achseln. „Ich hab' nicht gezählt."

Jake nickte und verschränkte die Arme über seiner breiten Brust. „Das dachte ich mir. Ich habe dich schon die ganze Zeit beobachtet. Ich weiß ja nicht, was los ist, aber du treibst es zu heftig mit den Gewichten."

„Ich weiß schon, was ich tue." Dave ging in die Knie, um die Hantel erneut zu heben, aber Jake bremste ihn aus, indem er seinen Fuß auf die Stange stellte. Dave sah ihn finster an. „Weg mit dem Fuß. Sofort."

Jake schüttelte den Kopf. „Nicht, bevor du mir nicht sagst, was los ist. Du übertreibst es, und das sieht dir gar nicht ähnlich. Wenn du so weitermachst, verletzt du dich noch."

„Es ist was Persönliches. Nimm den Fuß weg."

Jake bewegte seinen Fuß nicht vom Fleck. „Keine Chance. Rede mit mir."

Dave seufzte schwer und richtete sich auf. „Geht. Dich. Nichts. An." Er zog sein Tanktop aus und trocknete sich damit ab.

Jake trat einen Schritt zurück. „Es geht um einen Mann, richtig?"

Dave blinzelte. „Was?"

Jake lächelte, seine Augen blickten mitfühlend. „Das hab' ich auch schon durchgemacht, Kumpel."

„Wir sind keine Kumpel."

„Vielleicht nicht, aber im Augenblick brauchst du einen, und ich sehe hier sonst niemanden, der dir ein offenes Ohr anbietet, also?" Jake nickte mit dem Kinn in Richtung des Umkleideraums. „Na, komm. Wir können uns setzen, und du kannst mir erzählen, was passiert ist. Ich schwöre, nur reden. Ich glaube, du kannst das jetzt gebrauchen. Geteiltes Leid und so weiter."

Dave schnaubte. „Du gibst keine Ruhe, oder?"

Jake strahlte. „Jetzt hast du's kapiert." Er deutete zum Umkleideraum. „Nach dir."

Kopfschüttelnd verließ Dave den Gewichteraum in Richtung der Umkleide. Außer ihnen war niemand da, aber das Studio war auch erst seit wenigen Stunden geöffnet, und sonntagmorgens war es immer recht ruhig.

Ich werde wohl eine ganze Weile nicht mehr sonntags mit Shawn trainieren. Der Gedanke tat weh.

Sie ließen sich auf einer der Holzbänke nieder. Jake setzte sich rittlings darauf und ließ die Hände auf seinen kräftigen Oberschenkeln ruhen. „Okay. Raus damit."

Dave fing ganz am Anfang an und endete mit dem Augenblick, in dem er aus Shawns Wohnung gestürmt war. „Ich dachte, ich würde zu ihm stehen, ihm zeigen, dass es mir wirklich nichts ausmacht, dass er auf so etwas steht. Und dann stellt sich heraus, dass er denkt, ich würde ihn benutzen."

Jake schürzte die Lippen. „Ich kann verstehen, warum Shawn das denkt."

Dave klappte die Kinnlade herunter. „Du ...? Was?"

Jake zuckte die Achseln. „Nein, das macht schon Sinn. Wieso sollte er das nicht denken? Das einzige Mal, dass du Interesse daran gezeigt hast, mit ihm intim zu werden, war, als du ihn dazu gebracht hast, dieses Seidenzeugs anzuziehen. Das passt schon." Als Dave den Mund öffnete, um etwas zu erwidern, hielt Jake einen Finger hoch. „Ich sage nicht, dass er recht hat. Ich sage nur, wenn man es nüchtern betrachtet, dann wäre das die Annahme, zu der auch *ich* gelangen würde. Also lass mich dich etwas fragen. Was, wenn Shawn aufhören würde, Reizwäsche zu tragen? Für immer? Würde das deine Gefühle für ihn ändern?"

Dave zögerte nicht. „Nicht für eine einzige beschissene Millisekunde. Ich ... liebe ihn."

Jake lächelte sanft. „Dann unternimm etwas. Du hast *mir* gerade gesagt, was du empfindest – aber hast du es ihm gesagt?" Als Dave den Mund öffnete und wieder schloss, schüttelte Jake den Kopf. „Das ist so typisch. Wie kommt es nur, dass die Spezies Mann so mies im Kommunizieren ist? Nie sagen wir, was uns im Kopf herumgeht, und das verursacht alle möglichen Sorten Probleme. Also tu dir selbst einen Gefallen, geh zu deinem Kumpel – deinem festen Freund, sollte ich wohl sagen – und kläre das. Und wenn ich dich das nächste Mal sehe, dann hoffentlich total verliebt und glücklich mit ihm. Ich werde so erleichtert sein, dass ich nicht mal blöde Sprüche über dich reißen werden." Er zwinkerte. „Wahrscheinlich." Dann schlug er mit dem Handtuch nach Dave. „Geh duschen, und dann schwing deinen leckeren Arsch zu Shawn." Als Dave die Augenbrauen hob, lachte Jake. „Gucken ist ja wohl noch erlaubt, oder? Und jetzt komm in die Gänge."

Dave stand auf und streckte Jake spontan die Hand hin. „Danke, Jake."

Jake erhob sich auf die Füße, ignorierte die Hand und umarmte Dave. „Keine Ursache. Solange du nur weißt, dass dir nachher alle Knochen wehtun werden. Du hast es echt übertrieben. Ich hab' mir Sorgen gemacht." Als Dave zu seinem Spind ging, um sich seinen Duschkram zu schnappen, hielt Jake ihn noch einmal auf. „Und Dave? Ich bin dein Freund, okay?" Er grinste. „Auch wenn du einen fragwürdigen Geschmack hast, was Männer angeht."

Dave zeigte ihm beide Mittelfinger und lachte. „Mistkerl."

Jake spannte seine Muskeln an. „Hey, das hätte alles dir gehören können, aber *neeeiiin*, du willst Shawn. Selbst schuld, Kumpel."

Dave schüttelte den Kopf. Er lachte noch

immer, als er die Duschräume betrat. „Ich denke, ich werd's überleben", rief er, als er das Wasser aufdrehte. Er schloss die Augen und ließ den warmen Wasserstrahl den körperlichen Schmerz wegspülen.

Und dann kümmere ich mich um den in meinem Herzen.

Shawn zog seine Sachen aus dem Wäschetrockner und fing automatisch an, sie zusammenzulegen, mit den Gedanken ganz woanders. Schließlich hatte das ganze Drama so angefangen, oder? Weil Dave ihm hatte helfen wollen, verdammt. Wenn er nicht in die blöde Schublade geguckt hätte …

Shawn seufzte. *Hätte er nicht in die Schublade geguckt, dann hätte ich den besten Sex meines Lebens verpasst und dieses wundervolle Gefühl, als ich dachte, er würde mich lieben.* Es spielte keine Rolle, was am Tag zuvor passiert war. Tief in seinem Inneren wusste Shawn, dass er Dave liebte, und das würde sich auch nicht ändern. Er konnte nur hoffen, dass, wenn sich erst die Wogen geglättet hatten, er und Dave wieder Freunde sein konnten.

Das heißt, falls ich ihn nicht für immer vertrieben habe.

Im Wohnzimmer gab sein Handy das Klingeln für eine ankommende Nachricht von sich, eine willkommene Ablenkung von seinen sorgenvollen Gedanken. Shawn ließ von der ach so fesselnden Aufgabe ab, seine Wäsche zu falten, und ging ins Wohnzimmer, um nachzusehen, wer ihm geschrieben hatte. Als er auf das Handydisplay schaute, stellten sich ihm sämtliche Nackenhaare auf.

Können wir reden?

Einerseits war er überglücklich, dass Dave wieder mir ihm redete, aber andererseits? Shawn fürchtete sich vor dem, was er zu hören kriegen mochte, wenn sie einander von Angesicht zu Angesicht gegenüberstanden. Aber er fürchtete sich nicht so sehr, dass er Dave abweisen würde.

Sicher. Telefon oder persönlich?

Die Antwort kam eine Sekunde später: *Bin unterwegs.*

Shawn schaute kurz in den Spiegel an der Wand. Er sah okay aus, wenn auch ein bisschen müde. Erwartungsgemäß hatte er in der letzten Nacht nicht viel geschlafen.

Dieses Mal hatte Dave anscheinend nicht gleich hinter der nächsten Ecke gewartet. Es dauerte gute dreißig Minuten, bis Shawn das vertraute Geräusch von Daves Auto hörte, das unten auf der Straße vorfuhr. Shawn hatte bereits Kaffeewasser aufgesetzt, und auf dem Tisch stand ein Teller mit Schokoladenkeksen. *Was für ein Déjà-vu.*

Shawn öffnete die Tür und ließ sie angelehnt, dann ging er in die Küche, um den Kaffee zu machen.

„Hi, ich bin's, nur ein Einbrecher", rief Dave.

Shawn musste lächeln. *Er kennt mich wirklich gut.* „In der Küche." Sein Herz pochte, und er bemühte sich, gleichmäßig zu atmen, aber Scheiße, er war nervös. Er drehte sich nicht um, als Dave die Küche betrat. „Ich mach' nur schnell Kaffee. Und auf dem Tisch sind Kekse."

„Shawn?"

Er nahm einen – wie er hoffte: beruhigenden – Atemzug, dann wandte er sich zu Dave um, der in der Tür stand und eine flache weiße Schachtel in der Hand hielt. Shawns Herz fiel bei dem Anblick in sich zusammen. *Also hat sich nichts geändert.*

„Hey." Shawn zwang sich zu einem Lächeln. „Lass mich dir die Jacke abnehmen. Es sei denn, du willst nicht bleiben?"

„Das hängt ganz von dir ab." Dave fuhr sich mit der Hand durch sein lockiges Haar. „Ich habe über das nachgedacht, was du gestern gesagt hast."

Shawn kümmerte sich weiter um den Kaffee. „Oh?" Sein Herz hämmerte noch immer.

„Ich wollte dir ein Geschenk mitbringen, und ich musste lange überlegen, was das Richtige für dich sein könnte. Aber ich glaube, ich hab's genau getroffen."

Shawn drehte sich um und sah, wie Dave ihm die weiße Schachtel hinhielt. Er nahm sie mit zitternden Händen.

„Ich glaube, es ist perfekt für dich." Dave schenkte ihm ein unsicheres Lächeln. „Ich hoffe, dass du das auch so siehst."

Shawn hatte beinahe Angst, in die Schachtel zu schauen.

Beinahe.

Er hob den Deckel. Beim Anblick der Lagen von Seidenpapier drehte sich ihm der Magen um. Dennoch warf er einen Blick darunter und fand–

Was zum Henker?

Der einzige Gegenstand in der Schachtel war ein Foto. Shawn nahm es heraus und stellte die Schachtel auf der Arbeitsplatte ab. Es war ein Bild von ihm und Dave in ihrem letzten Jahr an der Highschool, aufgenommen am Abend des Abschlussballs. Beide hatten für diesen Abend Smokings geliehen. Es war ein Ereignis, das Shawn nie vergessen würde. Beim Anblick von Dave, so strahlend in seinem festlichen Aufzug, war er sich erstmals seiner Gefühle für Dave bewusst geworden.

Gefühle, die sich bis heute kein bisschen geändert hatten.

Es hatte lockere Beziehungen mit Jungs und Männern gegeben, aber nichts, das länger gehalten hätte als einen Monat. Shawn hatte immer gewusst, dass er den Menschen, den er wirklich liebte, nicht haben konnte, und er hatte sich wirklich bemüht, jemand anderen zu finden. Aber irgendwie hatte es einfach nicht sein sollen.

Er hob das Kinn und starrte Dave an. „Ich verstehe nicht."

Dave lächelte. „Ich sagte, dass es perfekt für dich ist, richtig? Nun, das ist, was ich dir schenken will. Mich. *Ich* bin perfekt für dich, Shawn, weil … ich dich liebe." Er deutete auf die leere Schachtel. „Da ist keine hübsche Reizwäsche drin, und es muss keine geben. Wenn du mir sagen würdest, dass du nie wieder so etwas anziehen willst, würde ich nicht einmal mit der Wimper zucken. Aber wenn du mir sagen würdest, dass du mich nicht mehr sehen willst – damit könnte ich *nicht* leben." Er kam einen Schritt näher. „Also lass es mich noch einmal sagen: Ich liebe dich. Und ich muss wissen, ob du mich ebenfalls liebst."

Shawn fühlte einen Kloß in der Kehle. Er betrachtete das Foto in seiner Hand und lächelte. Und schließlich kamen die Worte.

„Siehst du den trottelig-seligen Ausdruck auf meinem Gesicht hier? Weißt du, *warum* ich so ausgesehen habe? Weil ich den Jungen ansah, der mein Herz gestohlen hatte. Einen Jungen, der mich nie so würde lieben können, wie ich ihn liebte, weil er nicht schwul war." Shawn lächelte. „Kannst du dir vorstellen, wie ich mich gefühlt habe, als du plötzlich verkündet hast, dass du bisexuell bist?"

Dave grinste. „Wie Weihnachten und Ostern zusammen?"

Shawn lachte, durchquerte den Raum und warf sich in Daves wartende Arme. „Die Zukunft wird viel besser sein als alle Weihnachtsfeste zusammen", flüsterte er. Er sah Dave in die Augen und lächelte. „Ich liebe dich auch."

Dave atmete lang und laut aus, und dann waren seine Lippen auf Shawns. Seine Hände streichelten Shawns Rücken, seine Schultern, überall. Sie küssten sich, bis Shawn es nicht mehr aushielt.

„Können wir diese Unterhaltung woanders fortsetzen?"

Dave legte eine Hand an Shawns Wange. „Wie wäre es im Bett?", fragte er leise.

Shawn gab einen höchst zufriedenen Seufzer von sich. „Perfekt." Er legte das Foto oben auf die Schachtel und führte Dave aus der Küche und in sein Schlafzimmer.

„Übrigens", sagte Dave, als Shawn die Tür hinter ihnen schloss. „Weißt du, worin ich dich gern sehen würde?" Als Shawn ihm einen fragenden Blick zuwarf, grinste er. „In absolut gar nichts."

Shawn fand, das hörte sich nach einer wundervollen Idee an.

* * * * * *

„Bist du sicher, dass es eine gute Idee ist, so mir nichts, dir nichts hier aufzukreuzen?"

Shawn kicherte. „Vertrau mir. Mama wird entzückt sein, mich zu sehen. Und mir dir als Begleitung? Wart's einfach ab." Er blieb vor der Haustür stehen.

Dave biss sich auf die Lippe. „Versteh mich nicht falsch. Ich liebe deine Mutter, als wäre es meine eigene, das war schon immer so. Aber sie kommt mir nicht vor wie jemand, der sich gern Überraschungsgäste vor die Nase setzen lässt."

Shawn beugte sich hinüber und küsste Dave auf den Mund. „Werden wir ja sehen." Er steckte seinen Schlüssel ins Schloss und ließ sie beide ins Haus. „Wir sind's nur, ein paar Einbrecher!"

„Shawn? Warum hast du mir nicht gesagt, dass du–" Seine Mutter riss die Küchentür auf, dann blieb sie wie angewurzelt stehen. „Dave! Oh, wie schön. Wir haben dich Ewigkeiten nicht gesehen." Sie funkelte Shawn tadelnd an. „Du weißt *schon*, dass wir ein Telefon besitzen, oder? Du hättest mir auch Bescheid sagen können."

„Siehst du?", murmelte Dave.

Shawn ignorierte ihn, griff nach seiner Hand und verschränkte seine Finger mit Daves. „Mama? Wir möchten dir etwas sagen."

Der Blick seiner Mutter fiel umgehend auf ihre verschränkten Hände, und zu seiner Überraschung begannen ihre Augen zu glänzen. Sie wischte sie sich rasch mit dem Geschirrtuch, das sie in der Hand hielt, und dann strahlte sie.

„Na ja, das wurde auch wirklich langsam Zeit!"

Shawn blinzelte. Und blinzelte noch einmal. Neben ihm brach Dave in Gelächter aus.

„Und da ihr beide endlich die Köpfe aus dem Sand gezogen habt und zur Vernunft gekommen seid", sagte Mama, die sich erstaunlich schnell wieder gefasst hatte, „könnt ihr in die Küche marschieren und mit beim Abendessen helfen. Nachdem ihr mir einen Cocktail gemixt habet." Sie grinste und verschwand prompt wieder in der Küche. „Und geh und suche deinen Vater, Shawn. Er ist hinten im Garten", rief sie.

Shawn beugte sich zu Dave hinüber und

flüsterte: „Das könnte ein langer Abend werden."

Dave überraschte ihn vollkommen, indem er ihm einen Kuss auf den Mund gab. „Das macht nichts. Ich werde nicht von deiner Seite weichen."

Shawn konnte nicht widerstehen. „Ich habe eine Überraschung für dich, wenn wir zurück in meiner Wohnung sind, als Dankeschön dafür, dass du mitgekommen bist."

„Oh?" Daves Augen leuchteten.

Shawn zupfte an seiner Jeans und zog den Bund etwas nach unten.

„Ah … das mit den Pünktchen. Mein Lieblingshöschen."

Shawn hatte das Gefühl, dass seine Voraussage ins Schwarze traf: Es würde in der Tat ein langer Abend werden.

Ende

Weitere Bücher von K.C. Wells

Schuld
Schritt für Schritt

Dreamspun Desires
Der Verlobte des Senators
Als die Einsamkeit wich
My Fair Brady

Zum Ersten Mal Liebe
Gestern, Jetzt und Auf Ewig
Mehr als ein Sommer mit Rylan

Mord in Merrychurch
Lugen haben kurze Beine

Maine Men
Finns Fantasie
Bens Boss
Sebs Sommer

Salvation
Gebändigt

Collars & Cuffs
Herz Ohne Fesseln
Vertrauen in Thomas

Persönlich
Persönliche Entscheidungen
Persönliche Veränderungen
Mehr als Persönliche

Persönliche Geheimnisse
Streng Persönlich
Persönliche Herausforderungen

Persönlich - Die Komplette Serie

Jasons Befreiung
Mein Weihnachtsgeist
Ein Weihnachtsversprechen
Das Gesetz der Wunder
Verliebt in Santa Claus
Santas Geheimnisse

Southern Boys
Truth & Betrayal
Pride & Protection
Desire & Denial

Unverhoffte Liebesgeschichten
Lehre Mich
Vertrau Mir
Sieh Mich
Liebe Mich
Unverhoffte Liebesgeschichten Vol 1

A Material World
Spitze
Satin
Seide
Jeans
A Material World Vol 1 (#1-#3)

Sonne und Schatten
Kels Hüter

Sexting mit dem Boss
Damon & Pete: Spiel mit dem Feur
Der Schöne im Zug
Bären im Wald
Sieh zu und lerne
Holy hell – Wenn Engel und Dämonen
Lieben
Sein verwöhnter Prinz
Für dich da

K.C. WELLS

Über die Autorin

K.C. Wells lebt auf einer Insel vor der Südküste Englands, umgeben von der Schönheit der Natur. Sie schreibt über Männer, die Männer lieben und kann sich ein Leben ohne Schriftstellerei gar nicht mehr vorstellen.

Das Tattoo einer regebogenfarbenen Rose auf ihrem Rücken mit den Worten "Love is Love" und "Love Wins" ist ihre Art, Flagge zu zeigen. Sie hat vor, noch sehr lange über die Liebe zwischen Männern in all ihrer Vielfalt - romantisch und zärtlich, leidenschaftlich oder im Kontext von BDSM - zu schreiben.

SPITZE